中國古典文學基本叢書

查慎行詩文集

第七册

〔清〕查慎行 著
范道濟 輯校

中華書局

本冊目録

續集卷二　漫與集下

續集卷三　餘生集上

補　録

敬業堂詩集輯補卷一

側翅集

敬業堂詩集輯補卷二

慎旃初集

五言古詩

西江集

踰淮集

敬業堂詩集輯補卷五

敬業堂詩原稿二

獨吟集

游梁集

皖上集

敬業堂詩集輯補卷七

敬業堂詩原稿四

敬業堂詩續集卷五

詔獄集起丙午十一月，盡丁未四月。

十一月十九日雪後舟發北關

冒寒連夜赴嚴程，行過塘西天始明。多事兒童摧蚤起，數峰晴雪指臨平。時率子姓輩少長九人，同赴詔獄。

泊虎邱

壯欲辭家老未能，得歸擬作此山僧。預愁脚軟腰無力，難躡浮圖最上層。

過常州不及入城留柬錢亮功徐學人

同年同學餘幾箇，出處難教一例同。錢不如徐猶勝我，爾方室處我衝風。

大霧渡江追憶丁亥春先帝南巡迎駕時過此

憶昨迎鑾旭日紅，今朝雲霧隔重重。天留未死孤臣耳，又聽金山寺裹鐘。

過寶應示章綺堂同年章亦同赴詔獄

射陽湖畔偶停船，却望前遊意惘然。憶王樓村同年。如此冰霜如此路，七旬以外兩同年。

連日東風黄河冰合而復釋清可鑒鬚眉亦一異也

地降天升水氣澄，人間何處辨休徵。全虧三日東風力，融盡黄河萬里冰。

是夕雨幸已渡河

馬爲薄蹄愁雨雪，狐防濡尾怯風波。二途處一知神貺，用昌黎語。竊幸朝來已渡河。

沂水縣南二十里道旁榜曰二疏故里感而賦此

西京盛事傳稀有，解組歸休我亦曾。今日經過疏傳里，檻車誰料有重徵。檻車上施欄檻，囚禁罪人，見劉熙《釋名》。

霧淞花古人罕咏者惟曾南豐有七律一首拈筆示綺堂

迷濛夜路轉平沙，開徧千林霧淞花。中有數株高出屋，蒙陰城北野人家。

輿丁僱短驢

隨車逐馬走踆踆，此路由來富役貧。看取探囊租小蹇，執鞭還有執鞭人。

題鰲陽旅壁

高從泰岱躡天門，皛繹龜蒙一氣吞。好笑鰲山拳石耳，欲於此處獨稱尊。

阜城除夕邑令送南酒一尊

邑宰非交舊，何來此一壺。投醪今夕意，明旦抵屠蘇。

趙北口坐冰牀

老涉驚波足可憐，平生履薄怕臨淵。阿誰與唱《公無渡》，三尺冰牀穩勝船。

旅店具魚羹有感而作

解凍風來二月初，水圍例賜擊鮮餘。釜鬵已溉餐何忍，謂是先皇縱壑魚。

丁未立春正月十四日

曆頭七十八回新，檢點猶餘現在身。氣自東來瞻淑氣，臣今老去作纍臣。平生内省能無疚，此禍相連亦有因。聊借樂天詩自慰，八寒陰獄變陽春。香山成句，前一日大雪，故用之。

去冬臘月朔渡江連遇風雪舟行至邵伯埭阻冰復回揚州起早及十四日渡河則冰復開瀠凌之後波平如鏡可鑒人影顧語同舟曰此非河清之瑞乎因口占絶句云云近抵京師入刑部獄十餘日聞各省奏報河清與余所見輒合再作七言長律紀之

喧傳喜氣動春城，河瑞曾於臘月呈。九曲竟成千里潤，萬年重爲一人清。風雲得路均沾澤，草木何心亦向榮。多少詞臣應獻頌，蟄蟲慚愧發先聲。

二月朔聞皇上親祭社稷壇遇雪恭紀

重展堯萱又匝旬，每聞祀事必躬親。時逢豫大豐亨會，德感壇壝社稷神。三日致齋心皎潔，五花應候雪紛繽。麥秋好卜邦畿瑞，預慰皇情及早春。

和胡元方中丞次東坡入獄詩第一章韻

兩月冰霜忽入春，余自去年十一月初八日離家，今年正月初八日入獄。全家赴獄豈惟身。僮奴漸狎鈴梆卒，子姪初充灑掃人。窮可揶揄宜有鬼，交雖故舊亦如神。古以不識面者爲神交。與君只隔重圍住，得讀新詩是夙因。

謝元方送莞香

同氣類相求，蕙嘆因芝焚。豈若鼽嚏者，薰蕕兩無分。故人起我頑，辟穢揚其芬。依然方丈室，四壁生烟雲。

元方以三絶句見投追憶武英書局舊事次韻以答

其一

乞歸分作老農師，遥望觚稜記往時。同調秖今零落盡，忽從臺獄和蘇詩。

其　二

偕隱相期出帝都，白頭豈料復長途。鴒原急難由兄弟，不敢重誇《四杖圖》。康熙壬辰，與仲弟德尹有歸休之約。曾屬同年蔣西君寫《二隱圖》以寓意，書局諸君皆有詩見贈。雍正甲辰，三弟潤木省墓假歸，四弟信庵南宫下第，白頭兄弟，同聚一堂。沈子松年爲繪《四杖圖》，因來詩有「好在壺中《二隱圖》」之句，故併及之。

其　三

詞賦何當羨長卿，悔從俗學博浮名。此中舊是傳經地，幸檢巾箱借老生。時從元方借讀《周易》。

元方又用東坡入獄第二首韻余亦次和

風人自古感凄凄，到此誰能氣不低。隙影一塵容野馬，甕天三尺覆醯鷄。和詩賸有斜川子，問疾兼無法喜妻。花落鶯啼頻入夢，幾時歸路下塘西。余家去塘西僅百里，故用《東坡樂府》中語。

元方以上巳夢中作屬和兼以慰之

閏歲纔過一半春，前四日春分。風光旋報采蘭辰。招尋每歎虚高會，唱和差忻得近鄰。終望主恩全晚節，由來天意憫文人。有生所歷誰非夢，莫把須臾夢當真。

東坡有咏御史臺榆槐竹柏詩元方獄庭無竹柏以菊梅易之余幽囚之所并無榆槐止有老柳二樹其一已枯萎方供獄卒爨薪仍用來詩次韻之例賦孤柳四章

雙柳誰所栽，年年换新緑。想當綢繆時，寧料芻楚束。北株乃先萎，竟被金尅木。其一似含悽，欲唱《渭城曲》。我笑戲相語，保己良已足。幸敷尋丈陰，庇及瞻烏屋。

右次榆韻

春來影旋動，夏至凉可歇。垂垂弄風條，點點溜雨葉。云何讓榆槐，秋實獨少莢。入冬雖凋落，飛絮猶比雪。隨時閲寒暄，荏苒送日月。華堂或盈萬，嘆爾太孤絶。

右次槐韻

青草一寸無，何况柏與竹。爾以少見留，免教斤斧觸。閲人諒已多，大抵榮勝辱。榮者爲瓦全，辱莫如碎玉。豈無君復梅，亦有淵明菊。且留青眼看，毋使眩紅緑。

右次竹韻

向使生道旁，視之等一葦。柔條被攀折，秋後猶未已。何如在犴狴，作配癡老子。南枝復生華，惜已迫暮齒。縱逃入爨厄，行就凋槁矣。誰復見當年，風流張長史。

右次柏韻

元方以爨僮潘姓畫松詩索和戲次原韻

鵲依庭柳鷄羣棲，飽食餘粒饑啄泥。晨來東嚮傳好語，片紙飛墮茨牆西。展開乃是畫松什，金篦刮去兩目重重翳。恍如突兀見此樹，蒼髯翠鬣可望不可梯。雲煙浮空遞出没，蘿蔦著壁相纏緊。頓疑圜土變山谷，旁有白石鑿鑿清澗流澌澌。玉川長鬚那得此好手，想與執爨老婢顔面同其黳。主人文雅僕不俗，行厨行笥隨提攜。老夫耄矣頗好事，欲乞尺幅笑比鄰家醯。倘能放筆爲我作直榦，識畫之眼略似分别青黄驪。惜無傑句追步浣花叟，使汝流傳名與畢宏韋偃齊。

固始令汪牧庭故人棣園學使賢嗣也亦以事在獄從元方中丞索余贈言偶憶閩中舊事以二絶句柬之

其一

莫逆初從七字詩，楓亭荔子憶分貽。到今餘味津津在，三十年前贈答時。

其二

再世論交復有詩，新篇如荷故人貽。時牧庭以和元方諸什見示。只愁咫尺成千里，三見東方月滿時。

哭三弟潤木二首三月二十二日

其一

罪大誠當殺，全歸有數存。生難寬吏議，瞑亦沐君恩。鬼守辭鄉魄，棺封詔獄魂。幾時容反葬，薄殮勝王孫。

其二

家難同時聚，多來送汝終。呑聲自兄弟，泣血到孩童。地出陰寒洞，天號慘澹風。莫嗟泉路遠，父子獲相逢。上姪先一日卒。

閏三月朔作二首

其一

已過八十又三日，昨日纔逢穀雨辰。自是黄楊宜有厄，清和半月閏殘春。

其　二

年光何與衰翁事，也復時時喚奈何。爲百草憂春雨少，替千花惜曉風多。

春已盡矣孤柳尚未舒條閒步其下偶成

園外新葉樹，出牆高亭亭。畫地乃爲牢，獨來伴拘囹。我衰何足道，日夜望汝榮。已經三月餘，衆眼終未青。將毋學病叟，亦作支離形。並生天地間，草木非無情。寄語後栽者，勿依問囚廳。

敗羣鵲

朝查查，暮嘍嘍。鵲聲喜，烏聲惡。兒童打烏不打鵲，道是紇干生處樂。維南兩鵲鷙不仁，占巢高樹旁無鄰。有如鷹化爲鳩眼未化，以猛濟貪四顧圖并吞。每當下食羣退避，六國何敢爭疆秦。我欲驅使去，舉火兼巢焚。一回一嘆還逡巡，天生萬物何物無敗羣。吁嗟乎！天生萬物何物無敗羣。

余續賦孤柳一章謂其生意盡矣立夏後試以井泉澆之旬日而芽蘖稍萌再作一首索元方及德尹信庵兩弟和

徘徊古井湄，枯者長已矣。弔影憐其孤，梢頭尚含蕾。涉春旋入夏，謂汝亦隨萎。天旱雨不膏，地窪坎有水。轆轤轉百尺，灌溉自根始。近本稊忽生，漸看葉蕤蕤。敢誇人力勝，實荷栽培理。初如脱網魚，半生猶半死。終媿上林枝，三眠復三起。

凉棚唫

置身《坎》上爻，叢棘周團欒。幽囚擬編户，聊受屋一廛。舉家十數口，老者居三焉。正愁五六月，赤日流炎躔。胡以使病軀，免迫湯火煎。眷眷梁主事，情同地主賢。時於縲絏中，委婉相周旋。謂當設凉棚，僱值約五千。展開積穢土，料節日用錢。列木十數株，交加竹作椽。蘆簾與草薕，補綴繩寸聯。轉盻結構成，軒豁開蟲天。凌晨常早起，當午續夜眠。清風有時來，好鳥鳴林端。緊惟三老喜，羣兒亦欣然。語罷笑啞啞，餐餘腹便便。或如蟻旋磨，或如魚躍淵。或持書一卷，或録詩數篇，襍坐肯齒序，徐行忽劚先。並荷清凉陰，渾忘在憂患叶平。窮爲天所騭，厄乃世所憐。餘生知幾何，造次求自安。人笑比茶篷，似可結善緣。何如杜陵叟，廣夏千萬間。我方計逃暑，彼乃思庇寒。

病起唫

鬱火不上炎，下注成癰疽。彼蒼肯垂憫，負痛不敢呼。諒無性命憂，聊復忍斯須。沉綿五晝夜，寢廢食與俱。今晨忽潰決，僅免臀无膚。起來就凉棚，曳杖行徐徐。初日照我影，依然一老夫。老夫不自知，人謂形太癯。神清夢醒後，悟徹痛定餘。郵將煩惱藤，縛此露黿軀。從兹維摩室，四百四病無。

又五言絶句四十首

其一

一裘四十年，鞟在毛全秃。狐貉不我温，隨身作囚服。

其二

《噬嗑》利用獄，《家人》閑有道，滅耳悔已遲，其能免何校。潤木坐訕謗，九卿會訊，以家長失教爲余罪名。

其　三

弟兄隔别居，各以一牆限。向來對牀者，咫尺不相見。潤木在内監，我輩來彼初不知也。

其　四

土舍比巢居，嗷嗷引十雛。喙長毛羽短，愁殺白頭烏。念兒歲前到京，首先投獄，故云十雛。

其　五

亦復有何喜，朝朝雙鵲鳴。畏寒思曝背，爲報雪初晴。

其　六

投足全無地，多眠少起時。偶然扶杖立，形定影潛移。

其　七

漏點晨初絶，鈴聲晝不休。似聞驅疫鬼，賴有鎮監猴。獄卒循牆提銕鈴以巡邏，日夜聲不絶，號「鎮監猴」，云以辟疫癘。

其　八

日分一升米，夜與飢鼠共。驅之善緣壁，聲觸鋃鐺動。

其　九

南所對北監，傳是錦衣獄。賸有圜外人，追思璫禍酷。

其　十

流惡就卑溼，滇淤日幾回。一方無垢地，三寸不燃灰。

其十一

畫猫非真猫，虎斑而虎視。雖無食牛量，肯作啣蟬戲。題壁上畫猫。

其十二

飄瓦簷前地，覆盆頭上天。孽非由己作，何用祀庭堅。

其十三

樹根一口井，味苦臭不腥。差堪濯我足，幸勿羸其缾。

其十四

折枯爲柴栅，插地畫兩界。吾餐乏腥羶，螻蟻穴其外。

其十五

煙煤昏四壁，黑業被埋藏。一面窗糊紙，連朝佛放光。

其十六

何處無芳草，陳根此獨稀。入春頻望雨，倘有發生機。

其十七

藺以當門鋤，竹緣開徑洗。誰將移草心，徧告圜扉裏。牆根見青草數叢，移種新闢之地。

其十八

八十日離家，三千里路賒。怪來南信斷，昨夜卜燈花。正月廿七夜燈花椀大，明日信菴至。

其十九

門房十五人，兩世半析箭。皇天遣悔禍，少長斯復聚。

其二十

不夢羊踏蔬，長叨官送菜。黄虀三百甕，於此了殘債。送菜謂梁主事。

其二十一

樂府題曾記，今方識本收。凡入獄者，例有禁卒一人看守，名曰本收。相看無好語，是曰《畔牢愁》。按，《畔牢愁》，揚雄所作。

其二十二

馬糞兼牛矢，麻藷及豆萁。最憐羊豕骨，亦可當薪炊。

其二十三

牢户如蟲户，餘寒減復增。雪花時點地，二月未開冰。

其二十四

西北圍牆古，無端半夜頹。耳聾驚坐起，謂是發春雷。余羈管處，在外圍西北角，牆傾幾被壓。時過驚蟄二十餘日，尚未聞雷聲。

其二十五

官醫多試方，庸者司性命。衰病不自憂，惟憂後生病。念兒、學姪，俱患瘧，上姪帶危病自南所移來。

其二十六

經月不櫛沐，盈頭髮半膩。云何蝨其間，彼乃能變黑。「得毋蝨其間」，出昌黎詩。「蝨處頭而黑」，出嵇叔夜《養生論》。

其二十七

夜到曝書亭，夢尋種蓮主。似與告歸期，花時天小暑。春分夜，夢與朱竹垞池上種蓮。

其二十八

同爲卵生類，天性人莫回。林雅斯復集，巢燕招不來。

其二十九

春服宜修禊，今朝四事違。東坡詩：「古來四事巧相違。」故人誰憶我，猶著禦冬衣。上巳日，有《懷武原去年花朝之會兼寄主人陳宋齋》。

其三十

蟲以臭得名，横行罪難掩。均爲血肉害，蟣蝨當末減。

其三十一

百二春逢閏，春風日夜饕。忽驚春過半，已閲四提牢。提牢主事，一月例更替，三月初來者以分校禮闈去，更易一人。

其三十二

不道流光迅，翻傷見面遲。却將三月半，認作授衣時。三月十二日，德尹攜家中所寄春服至。

其三十三

人間有桃杏，悵望春維暮。風捲飛花來，誰家庭下樹。清明前一日大風，杏花數片吹入牆内。

其三十四

遇物到忘機，攝心入無想。烏可巢吾肩，鵲可食吾掌。

其三十五

姪抱危疾來，沉綿知不起。弟病初未聞，胡爲遽至此。上姪歿於三月二十日，後一日得三弟凶問。

其三十六

死伏冥誅矣，株連罪已微。慰懷傳一語，後至或先歸。潤木歿後，聞家西仲、錢我持、沈麟洲相繼至。

其三十七

向晚輕雷發，人情望雨齊。曉看簷瓦上，點點是沙泥。穀雨前一日，天雨土。

其三十八

章子今云亡，孤此一條竹。上有斑斑痕，湘纍如代哭。去冬偕章綺堂北來，以斑竹杖見贈，今章已物故，睹物爲之心傷。

其三十九

蘿軒八十叟，遠寄相思字。讀罷紙滴穿，報之數行泪。立夏接翁康貽手札。

其四十

數行寬大詔，遞減到盡室。家長尤欣然，生機在生日。五月初七早，聞此案概從寬典，是日爲余誕辰。

敬業堂詩續集卷六

生還集起丁未五月，盡六月。

五月初十日出獄後感恩恭紀

來著寒衣去暑衣，半年囚服在圜扉。毁巢完卵初非望，溉釜烹魚敢憶歸。波累門房從古有，矜全父子似今稀。雷霆雨露皆天澤，感到難言淚暗揮。此案罪名，半年乃定。生者俱邀寬典，減等發遣，信庵父子以出繼獲免，慎行及兒念尤蒙格外殊恩，放歸田里。

德尹將赴謫籍留别二章

其一

獄具闇難叫，恩深海莫量。尚憐遷謫地，難定是何鄉。或山東，或陝西，部議尚未定。席帽炎風熾，蕉衫暑雨涼。六雛隨一叟，差勝向窮荒。

其　二

全家同詔獄，何事不相關。泪盡存亡際，魂驚聚散閒。吾衰虞死别，汝健必生還。或者詩成讖，他時一破顔。

信庵先出都余行期未定

出獄我最先，去住稍自由。汝從官發遣，刻限隨符郵。後出竟先歸，翻添小别愁。蹇驢汗其背，壓馱衝蘆溝。蘆溝新雨餘，巨石滑如油。念汝乏下走，跬步防須周，幸賴兩兒賢，謂克新、克寬兩姪。習勤子職修。扶爺上土炕，勸爺進晨羞。行李倘缺乏，世塗向誰謀？同在艱難中，愧無能分憂。節勞兼省費，川程或乘舟。僂指到家時，恰當逢立秋。我歸諒匪遠，無過半月留。暑退風漸涼，天高火已流。壞籬摘瓜豆，破屋看斗牛。濁醪賒南鄰，麤糲舂西疇。萬事姑撥置，傷哉忍回頭。

留别許立巖館卿

破涕忽成笑，餘生是再生。艱虞當末路，窮老見真情。行色風加烈，歸囊葉校輕。叩門知緩急，誰似許清卿？

留别薄聿脩柯橿齡唐益功賡虞箴四同年

師門轉眄廿五年，同朝同榜唯四賢。再閲世途吾老矣，欲談舊事心茫然。名雖放歸歸豈易，官免限期期頻遷。稍欣不狗祖餞例，醉飽一路蒙哀憐。諸君不隨俗例餞行，或贈贐，或饋食物，捆載滿車。

送沈麟洲重赴粤東

豈謂家門禍，餘波及海南。往還程計萬，會合日纔三。閲世誰貞友，隨翁有好男。時長君孟公仍隨侍南行，故用蘇家父子事。桑榆留晚景，竚立待歸驂。

次酬高薑田贈别第一章韻

一生失學老無傳，業富輸君經笥便。詩得派來流法乳，書成家後笑羊肩。交新高李游梁日，名噪機雲入雒年。何計商量延暮齒，相於暫別久周旋。

留別家爾周友龍兩弟及沈子椒園時三人同館高少司寇宅

鄉曲少唫伴，得歸翻自憐。南風吹五兩，長路又三千。春草池塘夢，秋燈邸舍緣。别中如見憶，頻望慰新篇。

爲紫幢主人留半日一晤即别别後以詩寄之宗室，名文昭，字子晉。

爲君留半日，執手倍依依。可惜論交晚，重嗟省見稀。調同忘分誼，語重借光輝。十五年前路，仍如免病歸。

五月廿二日出都仍宿長新來時旅店

蘆溝向南去，沙石轉蒼灣。大道半淹水，初程重見山。已無三宿戀，秖有兩人還。逆旅曾吾識，垂頭亦慘顔。

大　雨

雲勢隨風轉，雷聲掣電過。頓消炎酷烈，轉愛雨滂沱。步步牛迷轍，羣羣豕涉波。油衣那免漏，好去換漁蓑。

雨後新城道中

城南城北柳交加，雨潤泥新未起沙。嘉果鳥偷鑽核李，翠皮冰沁剖瓤瓜。獨唫自嘆成歸客，一飯何須問酒家。猶有皇恩忘不得，每回白首望京華。

即事二首

其　一

畿南處處好村莊，水利初興歲未穰。見説一春長渴雨，麥秋時節始犁荒。

其　二

白溝一線是通川，遥指帆檣古渡邊。預卜晝眠應有夢，夢歸先上阿孃船。

重過趙北口

記得冰牀冰面行，一堤兩淀喜重經。濃陰得氣涵晴露，殘月收光避曉星。橋俯碧流知馬渴，人歸近市覺魚腥。今來古往成何事，輸與眠鷗占此汀。

晨發任邱喜晴

未到先愁我，自此至河間，南北數十里，地勢窪下，遇三日雨，輒成巨浸，舊稱「瀛海」，行者苦之。兹來頗快人。夜凉貪得雨，曉霽幸無塵。農户耰耡出，原田黍稷新。脱離泥淖苦，馬意亦踆踆。

自獻縣至景德二州久旱無雨官司方事祈禱流民載路率成二首

其一

燕齊封壤接，極目際平蕪。舊井泥猶汲，新楊秭并枯。吁嗟勤致禱，潤澤冀均濡。爲問西京吏，隨軒雨有無？

其二

去京六百里，依舊有流移。曩在都時，聞五坊驅逐流民出境。忍作《逐貧賦》，曾傳《乞食詩》。一錢施豈靳，百族計誰私。自揣還相謂，吾非拯爾時。

新蟬

何校誰憐聰不明，背春涉夏未聞鶯。道旁拾得醫聾法，高柳鳴蜩第一聲。

過德州城外不及訪前輩田綸霞及同年李文衆後人

此邦耆舊幾人存，田李風流在子孫。雙袖龍鍾數行泪，忍過西路灑州門。

午飯苦水鋪

醬蒜羹葱薤，羣蠅遽集斯。忍饑爲廢箸，旁有勸餐兒。

自恩縣南至津期店萬柳夾道成陰過此即高唐州界故末句戲云

晨遮初旭暮斜陽，萬樹交陰午亦凉。過此令人忘六月，小車欹枕夢高唐。

煙墩行高唐以南，營房一新。

舊墩久廢土裂罔，新墩改築高環牆。十里五里遥相望，戍旗標識從高唐。兵居煇煌盡丹雘，民舍苫茅半頹落。時清且喜罷傳烽，夜静寧煩勤擊柝。

行經茌平有感於前令吴寶崖去官之故并紀所聞於旅主人

吴生曾出宰，名被上官嗤。下考催科拙，中才槖筆宜。俗貧非一邑，民望失三時。旱潦憑誰訴，能無怨有司。

東阿縣北新開河一道問之土人初無名也

朝廷興永利，州縣博虚名。畚鍤紛紜集，河渠指顧成。久晴無水蓄，一雨便泥行。即目抒懷句，依稀太息聲。

穀城山下

十日星埃苦晝炎，晚來洗眼穀城南。雲頭雲起晴飛雨，山外山高青出藍。

聞濟寧以南各牐已通朝來從汶上改路東行小憩康莊驛

汶濟支流匯，漕渠一道通。買飄知校便，改轍遂從東。麥壠秋初刈，瓜田歲屢豐。槐陰茆店底，小住爲清風。

濟寧旅館夜聞雨聲

新夢續殘夢，重爲一宿留。癸巳秋南歸，亦從此地上船。載濡行可免，將伯助何求。前夜猶防雨，明朝好放舟。多情天井派，只管向南流。

雨泊天井閘書所見

河魚逆上多，衆網布牐口。誰知得魚者，戴笠垂綸叟。

下牐歌

上牐難，下牐易，尋丈中間千里勢。上牐安，下牐危，羣呼邪許無所施。雷聲奮地光飛電，浪挽彊弓船釋箭。人情冒險昧吉凶，取快秖争呼吸中。勸君姑緩勿用亟，《需》在泥沙方利涉。

雨後曉發

曙色晴如霧，舟行圖畫中。三竿初上日，一榻自來風。碧野寬河北，青山盡兖東。旅愁隨境豁，休道莫途窮。

南陽舟中食新蓮子

晨過南陽鎮，居民擾魚鮭。湖光蕩漾開，香溢岸兩涯。亭亭翠雲蓋，擎出扶桑霞。就船買蓮蓬，賤比菽與麻。擘之復剥之，愛此玉粒芽。中含涓滴味，甘露同清嘉。雪乳藴其漿，細泉流齒牙。至味少爲貴，充腸奚取耶。淳于一石酒，盧氏七椀茶。未免放厥辭，徒爲後世誇。我本愛蓮人，無端落泥沙。園荒沼亦廢，叫跳私蝦蟆。誓從今以往，移藕向鄰家。

安得百頃池，別栽十丈花。用昌黎玉井蓮事。

連遇逆風舟行遲滯戲作吴體遣懷

雲峰突兀天溟濛，打窗猛雨三日同。滿槽渾渾西北水，劈岸浩浩東南風。得句偶然從意外，轉頭宛爾墮夢中。長年年長健可羨，弟作篙師兄柁工。船户張姓二人，兄長余一歲，弟小余二歲。

又絶句一首

淮南米價聞騰涌，每遇商船問若何。争及此間魚最賤，食魚人少捕魚多。

再疊前韻

連朝不飯空捫腹，奈此河魚腹疾何。笑擲何郎供一飽，看囊直覺萬錢多。

東坡詩云去得順風來者怨輒以所見廣之

得上仙舟總不凡，余所乘舟名飛仙。巧從名句破機緘。南來北去兩無礙，去得順流來挂帆。

野泊

濁浪三百里，黄河疑倒流。歸心雖汲汲，行役且悠悠。新月生漁浦，殘陽下柁樓。人家當不遠，鵝鴨滿灘頭。

脾疾戲拈三絶句

其一

思慮出苦吟，傷脾或有之。我作多游戲，脾神應得知。

其二

桃實大于拳，蓮實細于乳。吾寧舍其大，則以養脾故。

其三

血枯六脈微，豈止脾脉弱。世罕老人醫，吾其肯試藥？

六月十一日過臺兒莊

南池距臺莊，三百六十里。七日行始達，水順風逆耳。厄運老未終，扁舟復落此。櫓聲晨到枕，舟子報風止。小兒前致問，厄非自今始。古人處逆中，必有安常理。教之識忍字，忍過事堪喜。

宿遷關吴體

舊輸兩石今不然，舊例，民船自山東來者，止令載巨石二，至此交納，以備河上工料。鱗跳羽萃愁滿川。重船納貨輕納料，醉客禁酒醒禁烟。嚴關正爾指淮岸，密網行且張河壖。空囊傾倒能幾許，大笑不容留一錢。

桃源舟中

路比仙源迴不同，恍於此地作漁翁。帆移柳岸雲浮白，日射蘆村霧吐紅。直與迴腸紓鬱結，放教雙眼破鴻濛。人間好境難多得，生怕明朝又逆風。

渡河口號八首

其一

川后波臣兩效靈，居民指點翠華停。清河口對清江浦，黄瓦猶高萬壽亭。先帝自丁亥年閱視河工，後不復南巡矣。

其　二

蘆茭作楗夾河檳，採買從來不累貧。知是何年歸正帑，更無閒地養官薪。

其　三

六月河防未輟工，清流長被濁泥衝。縷隄土是遥隄土，蟻穴移來築蟻封。

其　四

船頭暗伏陷人灘，枕底旋成閣淺灣。平莫平於三草壩，險應險過百牢關。

其　五

海近天空地勢低，水分南北岸東西。板沙縫坼如刀截，嫩草頭平似剪齊。

其　六

長女占和少女同，無朝無暮往來通。舟人屈指六十日，只有東南一色風。自四月望至今，兩月無日非東南風，亦一異也。

其　七

小炷香分兩處焚，河神別過別淮神。不教名姓污祠壁，誰識風波有幸民。

其八

老去艱辛閲歷多，眼前何處没風波。怕將口號傳人口，留與漁夫作櫂歌。

淮口增築蓄清敵黄二壩上水甚難牐河無此險也

古來傳禹績，平土奏安瀾。自設東西堰，如分上下灘。遏防令高易，扼吭欲歕難。寄語河隄使，神功勿妄干。

淮岸夜泊紀所見三首

其一

民將蘆編屋，官取蘆爲埽。蘆兮識可憐，生死遞相弔。

其二

日没月未上，黑雲騰四面。葦岸吐孤燈，瀲波千尺練。

其三

大星三五點，小星明復滅。俯仰一青天，玻璃渾不隔。

曉過清江浦二首

其　一

清濁判淮黄，有若渭與涇。近來淮稍濁，猶以清爲名。賴此緑陂草，映波如染成。

其　二

急流導鷁首，微風颭旗尾。船上白面郎，樓中紅袖女。盈盈隔河漢，相望正如許。

晚泊淮陽城西知半月前淮水暴漲丈餘今勢雖漸减而隄外田禾低者猶成巨浸感賦一律總督漕使張慕莘舊好也余爲放歸田里之人不欲以姓名投謁竊取少陵春陵行之例詩成亦不寄張

桐柏山南水，横流一丈高。孤城堅保障，十日减波濤。飢溺宜兼拯，經營念獨勞。久膺艱鉅任，何以沛陰膏。

入寶應高郵界幸水不爲災河工方修築隄岸昨詩誠過慮也再作一首以解嘲

高寶陂湖接，雙隄瀉衆流。天光白淼淼，野氣緑油油。坐閲新苗長，行看晚穗抽。腐儒不曉事，徒作杞人憂。

轉應曲效樂天體秦郵舟中即目六首

其　一

浮沈豈必緣輕重，此理難從物性求。沙鳥羽輕偏善没，水牛蹄重獨能浮。

其　二

後先豈必争遲速，此訣須從達者傳。欲速馬因失足後，開遲船爲得風先。

其　三

貪廉豈必由取舍，此段難從有意求。二寸白小多漏網，尺半紅鱗或上鈎。

其　四

灾祥豈必因旱潦，此事終須人力饒。千金隄塞一蟻穴，百里水洩三虹橋。

其　五

死生豈不論長短，此事難從天道争。黄口小兒多夭折，白頭老子却長生。

其　六

富貧豈必關憂樂，此意須從處境謀。萬户富平侯不樂，一瓢貧巷士忘憂。

立秋夜泊召伯埭熱極竟夕不成寐

直從日落風生後，坐到星稀月淡時。蘆荻灘頭秋氣味，一年今夜最先知。

揚州换船吴孝廉次侯至舟次相晤口占志别

吴生知我停征棹，先枉高軒向水濱。差喜同年還有後，生爲豹文吏垣之子。劇傷舊好絶無人。謂史蕉飲、顧書宣、郭于宫輩。

渡江後舟中及初到家作八首

其一

行經五月又六月，飽閱風狂及雨狂。淮北晚禾將换緑，江南早稻已垂黄。一月中，南北所見，不同如此。須臾過目留新咏，容易歸途得故鄉。餓死先廬吾亦樂，况聞歲計未全荒。舟子吴江人，問知黄梅多雨，嘉興以南，田家無不播穀者。

其二

舟人亦復有何急，晝夜來兼食宿程。過隙馬馳飄倒影，裂波魚出樢雙聲。傾欹不少飛揚路，安穩終輸自在行。但得到家寧計日，匹如半載坐愁城。昨午從揚州解纜，今蚤已抵毘陵。

其三

賀我生還預有詩，詩家古義孰如兹。徐卿二子成名日，錢氏一翁歸老時。徐卿二子，見少陵集，謂徐荼坪及思肖兄弟。「且有一翁錢少陽」，太白句也，謂錢絅菴。款款故應憐久別，匆匆猶足慰相思。只慚筋力難爲禮，來往初非論報施。二君俱就舟次握别，余不及報也。

其　四

轉盡陂坨地掌平，低田初聽桔槔聲。風披翠羽芸芸長，岸束清流瀰瀰盈。擊壤豈真忘帝力，習勞翻似代牛耕。誰爲民牧應垂卹，敢望蠲租望緩征。常州以南，彌望皆水田。

其　五

碧空如水月將出，城外放船乘早凉。到耳鷄聲無次序，刺肌蚊喙有鋒芒。嵐光澹澹開前路，天意濛濛引睡鄉。行過望亭渾不見，塔尖初日見山塘。三更發錫山，至望亭天始明。

其　六

金閶門外氣如薰，暴雨南來欲拯焚。乍喜跳珠湯止沸，俄看插漢火騰雲。可憐民困天知否，大抵耕深報薄云。慰爾眼前聊一快，十分愁暫減三分。吴門小泊喜雨。

其　七

漸近鄉關倍慘然，脊令原上鶺鴒天。累添行處尋常債，痂結平生未了緣。石火光中思拔宅，木魚聲裏學逃禪。不如且作黄山谷，收取詩名四十年。涪翁成句。

其八

蚤信歸期在未占，隔年羊酒夢中擔。去冬將發杭州，夢中有人唫詩二句，云：「鄰里幾家羊酒賀，賀他父子得同歸。」兒童識面尚八九，父老叩門時兩三。瘦盡形容皮骨在，新留霜雪鬢毛添。獄中不剃髮者百五十日，及出，則兩鬢垂頰二寸，視之故髯也。留以志厄運。白頭白盡非初白，別署頭陀忍辱菴。

六月廿六夜過鴛湖酬曾濟蒼別後見寄詩中舟字韻兼訂秋涼偕高大立見過之約

好片南湖水，重來洗病眸。堂前初秉燭，橋外暫維舟。肯踐三秋約，寧須一夕留。回頭經死地，長恐見無由。

住劫集起丁未七月。

釋氏於賢劫一代分壞、空、成、住四時。就此四時中，成劫已過，壞、空未來，以現在者爲住劫。余今患難頹齡，猶餘口業，正不知住世凡幾日，更得幾首詩也。

七月十一日喜雨

吾里自甲辰七月海潮汎溢後，水土多成鹹味。今年黄梅積雨，土性復故，乃得插秧。

一村潟鹵變良田，甘澤重滋白露天。歷盡河淮江北路，喜從海角卜豐年。

行研銘

從我於厄，食我墨兮。毋污爾潔，幸洗雪兮。

三年來村家不種稻而種木棉頗擅其利今年間有因襲舊例者入秋風雨太多畝收失望感歎成篇

木棉秋早實，經露復經霜。日給貧家口，年逋大户糧。差宜沙雨潤，最忌海風狂。鄰有西成望，嗟嗟爾獨荒。

脾泄足腫久未愈醫云服參則效戲答之

人葠金比價，盈兩十千錢。藥竈添新火，齋厨斷晚煙。萬緣能委運，一事敢祈天。老死尋常事，休教病苦纏。

枕上偶拈七月廿四早

撚須擁鼻出呻吟，淺語中含感慨深。燕散已無雛可戀，花開尚有蝶相尋。病餘稍悟浮休理，閒處微徵寂照心。因病得閒閒且病，也如夢閱去來今。

敬業堂集補遺

卷四十六　望歲集

正月十八日偕德尹西阡看梅兼邀會三芝田東洲諸弟同飲花下第四首

寄語諸兄弟，閒須日日來。商量枝上蕊，南北莫辭開。

庭　桂

我愛庭前五株桂，兩邊陰合互交加。青葱無改四時葉，爛熳忽開三日花。長有好風來客座，偏分香氣與鄰家。可憐月被蝦蟆蝕，賸與人間閱歲華。前二夕月蝕，故云。

重陽無菊友人有以畫扇屬題者戲占一絶

去年對菊苦無酒，貧到今年菊也無。天意不曾留缺陷，故教濃墨補成圖。

卷四十七　粤游集上

不　見

不見楊生久，相逢苦告勞。憐他深自匿，去我欻如逃。與國充窯户，爲官列郡曹。勢交君莫怪，衡鑑析秋毫。

卷四十八　粤游集下

呈前輩鄭珠江先生

白首羈孤客，重游眼倍青。同門慚後進，余與公先後出德清徐夫子之門，相距十八年。古道荷忘形。

假借通鄰並，盤餐及使令。藥籠如見取，亦願託參苓。時先生微恙而却人參之饋，故云。

中丞貽我英石筆架再次前韻在《次韻中丞公夢羅浮作》後。

英石分貽願不違，袖中攜得一峰歸。只愁咫尺風雷起，化作孤雲出岫飛。

卷四十九　漫與集上

答許東垞即次消炎見寄原韻

萬里衝炎甫到家，一林高竹憶由衙。嶺南巨竹名由衙，可作梁柱，見《竹譜》。故人句挾清風至，熱客蹤如凍雨賒。麈短難驅蠅集案，汲深聊用井澆花。詅痴合有旁觀笑，慚悔和凝浪見夸。王伯厚云：和凝爲文，以多爲富，有文集百卷，自鏤板行世。此顔之推所謂「詅痴符」也。時余方刻拙集，而來篇過蒙推許，故借以自況。

端陽後四日盆荷作花喜成二絶句第一首

正是葵榴照眼時，天教凈質發盆池。問渠九品居何品，來占人間第一枝。

雨後發常山將抵玉山縣途中復遇大雨

出郭尚朝隮，初防霧雨迷。雲峰俄見日，沙路不成泥。商旅行相雜，圖書去每攜。草坪知漸近，一飯向江西。

白進薇中丞席上賦贈第一首

公望公才迥莫攀，欣從光霽識公顔。賞留滕閣徐亭外，道在鵝湖鹿洞間。客到龍門清似水，時瞻鼇背屹如山。十三州是雄繁地，尊俎丰神自燕閒。

與祁鶴亭臬長話舊第一首

我愛祁觀察，衙齋浄少塵。心忘官位重，誼取素交親。花木饒生意，琴書足養神。製鈐容野老，披豁對天真。

雨公亭詩爲白近薇中丞賦次鶴亭觀察原韻第一首

一誠感動百神忙，風伯驅炎雨送凉。立見天心回頃刻，行知民樂慶方將。謳歌自爾騰仁壤，積貯何須發義倉。但是有祈無不應，千秋盛事紀非常。

喜遇張損持兼答來詩之貺

出入如相避，癸未夏，先生散館，余入館。初終莫漫猜。兩萍踪復合，一笑首重回。世少文章伯，天留著作才。有詩兼有筆，咄咄偪人來。

元夕奉陪白近薇中丞滄浪亭燈宴第二首

俊遊不上臨江閣，幽檻回欄似畫船。六曲屏風燈錯落，四圍花氣水澄鮮。詞人愛赴西園讌，野老來銜北海筵。借取米家詩一句，羣賢畢至愧居前。

屋漏詩戲次陳揺上楊東崖唱酬韻第二首

陰晴杳難占，巢鵲虛架構。揲蓍得《未濟》，濡尾且濡首。欹眠起危坐，静聽徹宵晝。或疑繘羸瓶，將毋甕敝漏。移床無避處，計拙等困獸。朗誦《抑》之篇，不愧庶不疚。

卷五十　漫與集下

與平湖林明府鳳溪

一門託契凡三世，幾處追隨共唱酬。鄰邑喜來賢父母，京華恍接舊朋儔。庭間鮖箭民無訟，户采風謡歲有秋。何物比君官況好，東湖九派是清流。

兩日前曾三弟見過面訂人日探梅之約忽爲雨雪所阻書來請卜後期以詩代柬

豈料看花約，翻成雨雪期。興非今日減，力較去年衰。晝夜何須卜，陰晴未可知。蟄蟲行啓户，聽取震來時。吴中以梅爲驚蟄花，後十二日交此節矣。

八月十五夜遲德尹不至

五樹桂團團，頭番花已殘。徑非因客掃，月正耐人看。世界流光速，吾生好會難。勸酬思老弟，獨酌强爲歡。

卷五十一　餘生集上

十月九日重赴沈仁山賞菊之招席上戲拈第三首

霜髯雪鬢漫相催，五日爲期到兩回。更約明年身幸健，還開笑口插花來。

甲辰正月重訪佟陶菴同年於江甯試院感舊有作第二首

細讀徒軍什，深窺見道言。時出《西征》詩見示，于禪理有得。多生成佛性，再出爲君恩。已握文章枋，仍兼節鉞尊。鳳巢長在眼，不隔九重門。

自金陵至丹陽歸途即事口號第七、八首

幾條清淺有成河，故道年深堙塞多。誰與此邦興水利，鑿開沙埂納江波。

雲濃霧薄曉茫茫，穿過東南白兔岡。更轉幾灣山路盡，清渠十里近丹陽。

七月十九日海災紀事第三首、第七首

飄。飲猶難必，空傳乳滴幽。用皮襲美詩中事。井泉華作浪，梅水淡成鹹。囊粟全遭浥，壺漿半披攙。賸留書一架，慰解老夫饞。暴漲三尺餘，及書架而止。

斬鮫思壯士，《驅鱷》記雄文。孰是金隄守，時無强弩軍。滂沱兼淚雨，慘淡向愁雲。捐瘠民何罪，馳章幸上聞。第三句一作「孰砥中流柱」。

中秋與陶菴中丞相遇於江陰舟次邀同月下小飲口占第一首

九里灣頭地名。萬里風，纖雲斂盡碧天空。舟移露白葭蒼候，客坐冰壺玉鑑中。仕路閒情如此少，人生快事偶然同。問君襟度寬何許，容得滄浪一釣翁。

題陳光庭小照戲次圖中原韻二絶

少年詞藻比王融，多少才人拜下風。憐取兩般顔色好，木蘭花白海棠紅。

紈扇風流又一時，自磨濃墨寫烏絲。桃根桃葉生何幸，並向圖中作侍兒。

題張楚良捫腹圖二首

風前消暑列犀簪，飯後攤書到竹林。若向畫中論相法，可知捫腹有三壬。用劉夢得、陸放翁詩中語意。

經笥粉綸擬大春，好詩千首發清新。披圖笑向張公子，此腹何曾肯負人？

送潤木假滿還朝第二首

才高偏善下，詩好豈容删。弟乞假後，手編《横浦集》屬余校删。獨立風塵表，誰爲伯仲間。應酬無俗韻，開闔得重關。但問泉清濁，何曾礙出山。

春分前補種庭下草花一本春分前下有「課力輩」三字。第二首

薙草封泥聚作團，主人一笑但旁觀。閒來特地添忙事，似與頑童解素餐。

曾濟蒼扁舟見過匆匆即去别後寄示五律三按，「三」字疑誤。章次答原韻第四首

有弟皆垂白，宜開佚老堂。未成魚在渚，重送燕辭梁。好友寬相憶，同時岐所望。北郵傳

蚤晚，高義與雲翔。家潤木北行時，君以不及祖餞爲歉。末章兼謝雅誼。

庭卉競吐口占邀諸弟共賞

雨餘猶賸幾叢豔，世上都輪老輩閒。莫待提壺苦相勸，盍來花底共開顔。

偶讀東坡戒殺詩題其後

魚蝦雖擾擾，鵞鴨自成羣。刀几操生殺，庖厨忍見聞？世多懷璧罪，客有《憝蠣》文。見《柳子厚集》。轉愛毘耶室，清齋斷五葷。

卷五十二　餘生集下

答程汝偕

瓣香門下士，書信遠相貽。綀帨揩顔汗，青鞋養足胝。二物皆荷寄贈者。開函知古道，拭硯和新詩。此意相投報，毋忘永好爲。

寄滿制府

上缺。厚録孰分霑。洲畔荒千絹，函中致百縑。拜嘉因念舊，揣分或傷廉。對客收藤笈，呼兒貯藥奩。行將端策筮，與決卜居占。初白償初願，茅庵計日苫。

重陽前五日喜樓敬思見過

旅懷經久别，王事迫嚴程。枉棹因余病，傾筐見汝情。「行者傾筐以顧念」，出《晉書·殷仲堪傳》。時敬思將回廣州郡丞任，行李方缺乏，承分藥餌之資，故云。籬花遲菊信，鄉味及蒓羹。野餉雖微薄，相留意不輕。

連接盧仲山沈麟洲海南信一詩報謝

兩州同一島，萬里致雙魚。遠憶山中叟，頻煩海外書。是施均禄俸，匪報乏瓊琚。古義論辭受，居貧媿有餘。

歲云莫矣一室蕭然殘書十架外几案間惟小物八種意有所觸隨筆賦之或莊或謔匪贊匪銘自遣一時之興爾

第一首、第八首

紙亦竹所成，云何被竹壓。如以紙鎮紙，是名不二法。右竹鎮紙。

南山竹，毛氏族，中書受封此湯沐。用其穎兮棄其秃。口不言功兮，湘靈代哭。右湘竹筆筒。

入春冰雪正月杪盆梅初試一花邀諸弟小飲

連旬冰雪發孤芳，老瓦盆邊酒亦香。大抵人情矜少見，白袍一個破天荒。用東坡《海外贈人》語。

底用尋梅向水濱，草堂省對亦前因。就中孰是拈華者，笑口齊開四老人。

後三日復雪在《驚蟄後二日雷雨大作》一首後

雪霰忽復集，先期蟄已驚。人皆虞大旱，我且憫微生。燕出巢難覓，《負暄録》：「少年時伐薪，見蟄燕一毬，其大如斗。始信燕亦蟄，至驚蟄始出耳。」蟲墐户欲平。坐愁無好句，强半紀陰晴。

天慳霖霢三冬後，地奮雷霆一震中。誰料此時翻得雪，蟄蟲真是可憐蟲。

春分前一日西園看梅第四首

戰回冰雪得春妍，漸到清明穀雨天。桃李輿臺何足壓，後時猶占鼠姑前。

春分後十日偕德尹曾三芝田學菴諸弟西阡看梅第二首

意外偕游得五人，時學菴甫從江陰歸。瓊枝别與報芳辰。多承載酒殷勤意，四日爲期未覺頻。

祠中玉蘭將吐，曾三弟有約，上巳載酒來賞，相距不過四日矣。

早發嘉興第二首

一餅頭綱馬上茶，名園人指畫圖誇。而今花木知誰主，付與青旗賣酒家。

寄廣州太守樓敬思次章兼柬姚齊州同學

館閣儲材地，髯兮果軼倫。名高開望府，宦達得詩人。清節酬明主，慈顔奉老親。定知循吏蹟，不忝孟家鄰。

昔作羊城客，今稱在户農。十年回白首，萬事感微蹤。自述丁酉冬客粤東事。海闊沈魚素，天長少鴈封。舊交姚合在，爲我道衰慵。

窳軒初夏觸景成吟第八首

西舍東鄰燕子忙，舊痕掃盡只空梁。琴書正恐啣泥汙，迴避儂家六尺牀。少陵詩：「啣泥點污琴書内。」

感　夢

古有高資户，今懷永熟鄉。開邊充召募，近輔活流亡。厚腊須防毒，無創幸勿傷。太平占氣象，只在勸耕桑。第六句用《維摩經》中語。

題毘陵湯述庭東菑饁耕圖卷二首

欲作勸農詩，逢年凡幾箇。知君圖寓意，聊以警游惰。

出閫無溢辭，其能家置喙。我展《饁耕圖》，知君有德配。

補録

七月十九日海災紀事

外障如無岸，前驅突有潮。村墟非昔宿，桑海視崇朝。魚鼈疇能化，鼋鼍爾莫驕。似聞洪水割，咨儆虐唐堯。
死傍魚鹽利，生資户口稠。三年逃旱魃，一夕委陽侯。得免僵屍積，翻隨木偶流。剥膚行且迫，乃復替人愁。
故鬼逢新鬼，千人活幾人。棄骸家莫認，枯骨壑爲鄰。荷鍤無乾土，焚林奈溼薪。烏鳶與螻蟻，狼藉問誰親。
乍報潮頭過，還聞海眼穿。大聲初轉石，餘怒尚吞天。西舍舂漂杵，東家爨少椽。竈沈魚在釜，三日斷炊烟。
黍稷方華日，苞蕭並浸時。端能流歲禍，胡可療吾飢。世苦需經濟，民窮敢怨咨。殘生無所著，終望長官慈。

禽言十章第二首

山則有□原缺，水則有波。岐險孔多，將伯若何？行不得哥哥。

送張葭士比部省覲南還

右曹清望著朝端，子舍難忘剡下歡。祖道回思六年事，謂尊甫先生也。鄉書又報一番安。也知世路歸由我，只是人情變此官。好片溪山頻洗眼，爲君細展畫圖看。

馬素村北歸見過

進士幾時進，歸舟暫海涯。未尋松菊逕，先訪竹林家。甕坼經春酒，燈開送喜花。別中何限事，不敢問京華。

餘波詞

瀟瀟雨

去秋余自黔歸，與德尹相左朗州道中。頃來豫章，晤子敬兄于鄱陽舟次，知德尹嶺表歸裝，亦取道于此，距余至纔二十日耳。孤燈野岸，霜氣入船，因便附書，並作此詞以寄。手指攣屈，幾不能伸也。

蠻雲邊雪記綿綿，歧路亘星霜。甚同此江湖，來如相避，去也分行。方悔薄游草草，不待汝歸裝。十月庾梅早，一信曾將。　冷落年時姜被，喜風流人説，鬢影衣香。荔枝同社，海外變文章。二語用東坡事。料新篇、半應憶我，儘無聊、巢〔一〕菜托思鄉。馳書報、團圞猶及，歲酒茅堂。

〔一〕「巢」，疑當作「蓴」。

鵲橋仙

兩年前，庭樹有脊令來巢，曾填詞志喜。今春再至，營於舊巢之旁，仍用舊調紀之。

宿雛已老，新雛復長，未掃巢痕猶在。王家子弟謝家兄，只三歲、看成三代。　自來自去，相親相近，野性天生友愛。人情似此古應稀，嘆毀室、鬩牆一輩。

前　調

正月杪，庭樹有脊令來巢於舊巢之南，甫經旬，復有巢於新巢之北者。三疊前韻。

南枝纔構，北枝重架，腰鼓連環相似。便呼此樹作烏衣，也算得、舊家門第。　青楊何妥，白楊蕭脊，見《南史》。争比同根同氣。伯勞飛燕有東西，讓爾占、雙棲福地。

前　調

窳軒雙燕復歸故巢，四疊前韻。

茅檐淺淺，蘆簾密密，幸免漂摇風雨。去年燕子喜重歸，似認得、白頭菴主。　桃花紅褪，菜花黄綻，又是泥融前度。眼前何物不懷新，笑戀舊、維予與汝。

前　調

三月初第二巢之北復營第三巢，五疊前韻。

烏飛三匝，兔營三窟，幾見三巢同樹？孰居南北孰中央，用《南史·劉繪傳》中事。也似學、三秋雁序。　三家村裏，三間老屋，三歲忍歌去汝。天教次第看雛成，又豈在、三朝三暮。

敬業堂詩集輯補卷一

海寧查嗣瑮夏重著
山陰王　嶸兔庵較

側翅集

編者按，《側翅集》所收庚申年詩，共一百八十七首，查慎行編集時，收入《敬業堂詩集》卷二《慎旃集中》僅八十九首。今據上海圖書館所藏稿本《側翅集》，共輯補詩九十八首。另有《重游德山記》一篇，移入《敬業堂文集》。稿本中殘缺字以□標出。

側翅集小言

王　嶸

查子夏重負朝陽之資，挾圖南之翮，飛則千仞也，下則覽悳輝，，激則三千也，息則六月。時幻在陰亦鶤而羣，時或漸陸亦羽而儀。青首羅摯，金衣公子，與夫沙頭睡藻，江上吞鱗，靡不狎而祗，自惜吾翅也。及斥搶拙笑，臂偵腐嚇，咸以三昧游戲出之，縱有碧眼胡僧，莫能指爲烏之苞、龍之孕也。無何雲而鏘舞，澥而相羊，不從大鷳小鷳，南溟東渤，從牛女入冀，以抵參井？翱於庭，飲於醴，棲於衡，蒼莽沈瀏，豹房蛟窟，以及蘆中瀨上，羽衣柴鷹爪之僻靡不到，下上輪曄，厥聲百奏，噦也，喈也，邕也，唳也，吼也，怨而訴也，嘯而歌也，嘻而笑，怒而罵也。籟發□□，聋者滿樹。《側翅集》出焉，余取而繙之，曰：嘻，異已！拾遺有言：「飢鷹不飽食，側翅隨人飛。」曰「飢」，言譏也。曰「隨」，言依也。君平生志不温飽，不隨人偃仰，以此名篇，將無側。夏重曰：子何知？獨不見九疑之峰、武夷之逕、虞世南韓退之李伯紀之人之文乎？側出無端，離奇宕跌，悉還正面，即儗夫鷹，余實飛也，間間歷落，縱不飢予腸，夫亦勞吾□也。今而後，吾且側耳於噂鷹之臺，側目於高墉之上，抑亦側足於華嶽之巔，以整刷吾翅，大展而正揚也。吾側也與哉吾翅也！

康熙辛酉正月中浣於越年家社盟弟王嶸耶舫氏頓首

謾　題

歲庚辰，余從大中丞楊公客武陵，以春盡買櫂，五月至沅州，復自沅赴銅仁。七月間，三下麻陽，一至浦市，再赴沅州。已而由平溪、清浪而入黔。及抵貴竹，則仲冬之望矣。

計一年之中，息肩無過百日。然而役役之詩，亦往往不乏。昔人所謂「勞者歌其事」也。雪窗檢點，得一百八十餘篇，竊取少陵贈高常侍詩義，命之曰「側翅集」。

庚申除夕石稜居士查嗣瑮識於貴陽署中

人日武陵郊外閱武三首[一]

其　三

春風細柳拂行營，常恐條侯壁夜驚。高壘總非當國意，隔年空築受降城。人天□日留殘劫，兵火□災紀遠征。見説春深多瘴癘，乘時何計答升平。

〔一〕《側翅集》共三首，集中删去第三首，題中改「三」作「二」。

游杜山二首

其　一

雪消沅岸水平隄，草色迎人緑未齊。應候鳥還□□谷，臨流馬正惜障泥。不嫌野老衣冠古，似覺游人出入迷[一]。只少梅花千百樹，竹籬茅屋宛西溪。

〔一〕「似覺」二字點去，以硃筆改爲「真遺」。

其　二

乾明臺殿表峥嶸，好事偏傳處士名。灰劫百年誇佛力，筠杉一路轉泉聲。從教境好人人賞，難得春來日日晴。莫上楚亭西北望，風沙隔岸即軍城。

渡沅江尋梅步至田家

我家五湖東，茅屋臨溪斜。傍梅還補竹，疏密相周遮。東風入南園，翠筠籠白葩。但有客來看，主人常在家。揭來沅湘交，馬足飛驚沙。偶逢好風日，出郊避囂譁。一江春水生，琉璃碧無瑕。閒呼小艇渡，貼水如浮槎。野岸翠撲撲，燒痕已萌芽。交塍盡薺麥，絶少樹與花。信足忘近遠，意行隨三鴉。白頭邀我坐，跪進血色茶。澀縮難下咽，頷頤出而哇。問以亂離景，欲語頻咨嗟。甲兵年已久，風物百倍差。有生等魚鱉，去住隨天涯〔一〕。豈復有佳趣，開園織籬笆。種梅非不好，常恐剪伐加。偶然剩一本，老幹空槎枒。書生坐好事，所至長紛拏。歸袖攜一枝，膽缾養井華。小窗畫幅開，燈影披橫斜。客話故園事，清香流齒牙〔二〕。

〔一〕按，此二句以墨筆抹去，似爲删去者，然傍亦有硃批「接下來，盡得意」六字。

〔二〕按，詩後有硃批：「五古結構，尚未緊峭。於轉换處，更得頓挫，則氣力出矣。」

早春客舍見燕二首

其 一

弱弱差池報早春，舊巢窗户换承塵。豈知我亦天涯客，還與蘧廬做主人。

其 二

蕭條風雨感元嘉，避彈南來未有家〔一〕。但使營巢須擇木，緑楊城郭盡〔二〕棲鴉〔三〕。

〔一〕「未有家」原作「處處家」，硃筆圈去。

〔二〕「緑楊城郭盡」，硃筆改爲「滿城林木唤」，原字亦未圈去。

〔三〕後有硃批：「詩佳。恐讀者疑之，故改數字，如不妨礙，不必改也。」

朗州署中次中丞公原韻

近南天氣常多雨，强半春陰欲作寒。蠻郡稀逢驚犬日，楚人時見沐猴冠。罷碁簾閣沈吟坐，聚米江山寂寞〔一〕看。多愧將軍寬禮數，行藏草草對杯盤〔二〕。

〔一〕「寂寞」，硃筆改爲「袖手」，原字未圈去。

〔三〕按，後有墨批「删」。

家叔自荆州至得詩三首〔一〕

其　二

生計真無賴，南游際亂離。雨多春黯黯，湖闊浪參差。旅況行粗覺，家書報每遲。竟消髀肉盡，騎馬亦何爲？

〔一〕按，集中删去第二首，題作「喜季叔自荆州至二首」。

同舍雷生將爲秦贅詩以賀之二首

其　一

莫作逢人避，雷郎貌出羣。英雄原好色，婦女亦從軍。蔄户花迷客，陽臺夢是雲。刀環前約在，不比泥紅裙。

其　二

買笑金難惜，思歸意豈休。花嬌游子目，雲重美人頭。風暖鶯遷樹，巢香燕入樓。肯辭他夜醉，珍重鸘鷞裘。

欲游衡嶽不果和中丞公二首

其一

南行興盡幾躊躇，尚隔衡山千里餘。絶境以憑清夢到，俗緣長與勝游疏。韓公正直應相似，李泌精神□不如。終擬從公論後約，石函料斗覓神書。

其二

雁迴孤嶺春將半，帆轉三湘路正南。偶對小圖如涉足，每逢佳客借清談。丹崫藥草無人識，緑樹猿猱有徑探。但得題詩追庾闡，未妨作記比羅含。

春寒被酒偶成

開口何辭一笑顛，半春好景負花前。圍爐座密聯吟夕，布被寒輕中酒天。小閣幢幢燈焰直，空廊□□雪珠圓。洞庭高浪如山樣，夢穩輕鷗白鷺還。

早春見燕再次中丞公韻二首

其　一

紅襟翠尾逐高低，巷口堂前路易迷。自是春寒禁不得，却教孤客羨雙棲。

其　二

君家簾幙好相親，辛苦巢成客舍春。一種羽毛原自愛，肯將泥污惱傍人〔一〕。

〔一〕尾有硃批：「豈謂梅花有客耶？」

送葉亟公入蔡將軍幕時蔡督師滇黔二首

其　一

相見荆江別朗城，怱怱歧路指南征。時危未撤重關戍，老健猶思絶徼行。萬事蒼茫資幕府，一官南北絫書生。知君倚馬元多暇，紅燭揮毫遣宦情。葉舉宏詞科不第，故有「一官南北」之句。

其　二

入座應將古義陳，壺漿迎路不驚塵。已過楚境還黔境，須信吾人即蔡人。鼓角春風聽自壯，關山詩筆□如神。後來若見留題處，倚劍知余屬和新。

馬草行〔一〕

去年秋旱田禾槁，師無見糧馬無草。今年麥隴春雨淫，廬帳旋移入城堡。北兵數多馬倍之，昂首芻薪待騰飽。百錢爭買得一束，沸地吹唇已如埽。江天轟轟夜發雷，東郊平旦煙綿開。水深河大渡不得，戀棧伏櫪空徘徊。佤廝碧眼識天意，却立嘈嘈愁雨勢。城中土淺草不生，城外泥深放無地。君不見辰龍關外山多處，苜蓿連年斷行路。將軍要使戰馬肥，明朝試渡巖關去〔二〕。

〔一〕詩題下有墨批：「只叙事，略無感慨寄託，可删。」

〔二〕尾有硃批：「後一段指未分明。」

食山藥

一飽差堪補食前，瓊糜風味别腥羶。老饕却笑東坡叟，藷芋何能比玉延。

春晴登朗州城樓

沅水湘煙入望深，郡樓閒上當登臨。晴邊日作薰檐氣，亂裏歌傷去國心。芳草迎舩還舊岸，綠楊盤馬馬新陰。劉申去後城空在，水次猶傳上堵吟。

出師吟

昨日雨，今日晴，滿城喧喧傳點兵。黔陽西南二千里，陰雲纔開陣雲起。將軍白馬白戰袍，旗旄凜凜徘弓刀。弓刀在腰鎗在手，馬上徐徐步疾走。岡頭泥滑路難行，不比沙場一望平。請公下馬學徒步，走盡平坡走山路。

朗州竹枝詞并序（一）

竹枝歌，其聲本起沅湘間，劉夢得貶朗州司馬，倚其聲爲三十餘篇。大抵祖《九歌》遺意，使土人習爲迎神送神之曲。東坡居士則編入樂府長歌，專爲寫其幽怨惻怛之音，而山川風物、鄙野勤苦之意一無所及。其以前人固備言之也，嗟乎江鄉水草，已飽牛羊，谷口烽煙，遂驚鷄犬。豈意漁歌欸乃之地，至今而變爲戰場乎？偶憶唐戎昱詩，有「悔學秦人南避地，武陵原上又徵師」之句，因綴數章，以補前人所未見，事取紀聞，語不倫次，二公若在，或亦有同感也夫！

〔二〕按，《側翅集》共十二首，集中僅收第一、第三、第四、第十二首，題作「朗州絶句四首」，且無序。

其　二

三閭遺像對江潯，草色波紋緑暗侵。亦有行人來繫馬，古祠無壁柳陰陰。

其　五

船頭船尾雨纖纖，小步新來聚米鹽。不怕風波輕性命，泛鳧飛鶩滿湖南。

其　六

奚奴駈馬湧潮痕，澈底清江踏不渾。日暮趁虚人散盡，千羣都入大南門。

其　七

楊隄竹壥幾家連，清曉呼羣上渡船。賣得春蔬來换米，關公祠下看攤錢。

其　八

田荒米貴骨應枯，一口名煙醉得無？聞道軍門頒尺一，只加烟税不蠲租。

其九

貧女含羞避北兒，偶然行汲到江湄。千帆過盡水如鏡，照影亭亭立少時。

其十

冷鷄啼苦雨連朝〔一〕，岸曲人歸水半腰。行過江頭知處苦，春泥活活馬蕭蕭。

〔一〕「鷄」，《慎旃初集》作「猿」。

其十一

水碧山青千里長，一聲欸乃過瀟湘。行人怕聽鷄頭滑，溪路西南是夜郎。

旅次值先子大祥忌辰二首〔一〕

〔一〕詩題上有硃筆眉批：「二詩亦佳，然此題終未穩。」

其一

想像音容已再期，傷心何事到天涯。舊巢重搆鳩偏拙，老屋將頹蠹未知。淚落關山皆濕土，時危窀穸尚愆期。遥憐弟妹相依處，一夜悲嘑傍寢帷。

其二

素幔空堂慘尚懸，那堪爲位拜南天。麻衣入座人應諒，布襪從軍事可憐。失學苦防諸弟嬾，長貧端賴一家賢。孤兒責己慚家督，悔作臯魚哭道邊。

寒食奉陪中丞公渡江野步

柳條風起日西斜，兩槳迎人渡水涯。便有兒童隨步屧，不教車騎駭田家。黄分菜圃初投種，紅入桃蹊尚有花。滿眼兵荒行自惜，此游曾爲攬芳華。

三月十一日作

走馬巖關盡日程，拍張兵勢説南行。烏啼楚幕羣俱散，鹿走中原逐未成。棡鼓曲還愁觱篥，蚩尤旗正吐欃槍。遺民及見滄桑事，不願餘生更料兵。

馬上見薔薇二首

其一

開到薔薇春已闌，荒村無主鳥啼殘。出墻一朵如憐女〔一〕，能使行人駐足看。

〔二〕「如憐女」，硃筆改爲「窺人笑」，原字亦未圈去。

其　二

狂花狂蔓繞西園，弟勸兄酬共一樽。今歲看花知憶我，題詩却在武陵原。

三月晦日看芍藥三首

其　一

苦防烈日損臙脂，小雨輕雲晚最宜。一日東風差得力，於春無分笑開遲。

其　二

將離欲贈記相逢，姹女妝成乍倚風。一種含情深對客，爲憐同在百蠻中。

其　三

曾是三生杜牧之，揚州一夢隔天涯。而今又作狂書記，紅藥花前獨詠詩。

武陵鄉民有餉新豆者感賦

君不見搶田時局如兒戲，吴越争桑忽搆釁。六年轉戰關時運，甌脱新彊猶列陣。自從秋旱畝無收，蟻聚蜂屯資餽餫。天心厭亂知幾時，始以干戈繼饑饉。湖南米粟富天下，往往舟車給鄰郡。官軍食粲民食粃，況敢癡愚冀施賑。草芽榆粉剩無幾。所望南風催麥信。飢驅奔走改顏色，骨肉相逢眼難認。初來鄉曲覓鄰居，旋見催科布新政。流亡稍復亦可憐，荒亂全生此其僅。廢蕪未墾牛意驕，土力肥磽總難盡。隔年投種偶然事，豆莢旋生花已褪。我來蒿目情何限，每過田夫相問訊。誰言疲俗民亦頑，感激依然露天性。憐余本是田家人，野味嘗新詎非分。傾筐餉我不求報，客況人情轉添恨。卻憶村居四月時，蠶禾過社羣相趁。豆區菜圃畦畛接，東舍西鄰煙火近。柔桑遶屋交添陰，少婦簪花紅點鬢。已教布穀勸春耕，更聽提壺倒良醞。年來江湖事游惰，飽食無端慚頓頓。何當歸去駕柴車，重與鄉鄰通餽問。

按，此詩《慎旃初集》同題詩異文頗多，《原稿》亦載此詩且有異文，故附《慎旃初集》同題詩於此，以資參考（《原稿》異文見脚注）：「六年民命關時運[一]，甌脱新彊猶列陣。天心厭亂終有時[二]，何苦干戈復饑饉[三]。湖南米粟富天下，往往舟車給他郡。自從秋旱畝無收，蟻聚蜂屯資餽餫。飢驅奔走改顏色[四]，骨肉相逢眼難認。初來鄉曲覓鄰居[五]，旋見催科布新政[六]。流亡稍復亦可憐[七]，荒亂全生此其僅[八]。官軍食粲民食粃[九]，況敢蚩蚩冀施賑[一〇]。草牙榆粉剩無幾，所望南風催麥信。廢蕪未墾牛意驕〔一一〕，土力肥磽總難盡〔一二〕。隔年投種偶然事，豆莢旋生花已褪〔一三〕。我來蒿目情何限〔一四〕，每遇田夫相問訊〔一五〕。誰言疲俗民亦頑〔一六〕，感激依然露天性。憐余本是田間人，野味嘗新詎非分。傾筐餉我不求報，客況人情轉添恨。却憶村居四月時〔一七〕，田禾過社羣相趁〔一八〕。豆區菜圃畦畛接〔一九〕，東舍西鄰煙火近。柔桑遶屋緑添陰〔二〇〕，少婦簪花紅點鬢〔二一〕。已教布穀勸春種〔二二〕，更聽提壺倒良醞。年來江湖事游惰〔二三〕，飽食無端慚頓頓〔二四〕。何當歸去駕柴車，重與鄉鄰通饋問。」

〔一〕「六年民命關時運，甌脱新彊猶列陣」二句，《原稿》作「六年轉戰驅鋒刃，百戰殘疆付餘燼」。
〔二〕「終有時」，《原稿》作「竟何時」。
〔三〕「何苦干戈復饑饉」，《原稿》作「始以干戈繼饑饉」。
〔四〕「飢軀」，《原稿》作「田翁」。
〔五〕「鄰」，《原稿》作「舊」。
〔六〕「旋見催科布新政」，《原稿》作「旋應催科安賤分」。
〔七〕「稍復亦可憐」，《原稿》作「轉死何地無」。
〔八〕「荒亂全生此」，《原稿》作「八口生還」。
〔九〕「民」，《原稿》作「爾」。

〔一〇〕「况敢蚩蚩」，《原稿》作「矧敢嗷嗷」。
〔一一〕「廢」，《原稿》作「平」。「意驕」，《原稿》作「種稀」。
〔一二〕「肥磽總難盡」，《原稿》作「全磽膏不潤」。
〔一三〕「旋」，《原稿》作「初」。「已」，《原稿》作「旋」。
〔一四〕「情何限」，《原稿》作「中惻惻」。
〔一五〕「田」，《原稿》作「農」。「相問」，《原稿》作「輒相」。
〔一六〕「誰言疲俗民亦頑，感激依然露天性。憐余本是田間人，野味嘗新詎非分。傾筐餉我不求報，客况人情轉天恨」六句，《原稿》作「誰言俗獷民胥頑，客况人情兩無恨。憐余本是田間人，野餉頃筐不余靳」。
〔一七〕「四月時」，《原稿》作「四五月」
〔一八〕「田禾過社羣相趁」，《原稿》作「青苗賽社羣餉趁」。
〔一九〕「畦畛接」，《原稿》作「鷄豚放」。
〔二〇〕「柔桑遶屋緑添陰」，《原稿》作「耕男釋耒緑休陰」。
〔二一〕「少」，《原稿》作「蠶」。
〔二二〕「教」，《原稿》作「聞」。「勸」，《原稿》作「催」。
〔二三〕「年來江湖事游惰」，《原稿》作「無端江湖事游縱」。

〔二四〕「無端」，《原稿》作「依人」。

早發白馬渡

牂牁南望翠嵸巃，纔過桃源路幾重。夾岸晨光喧百鳥，隔船雲氣失千峰。飛來薄霧看成雨，騰起長磯鬭若龍。如此江山差不惡，誰憐亂後但傳烽。

辰溪坪

結陣愁雲傍水濱，望中高勢故嶙峋。古來形勝知何地，天下英雄竟少人。獨戍饑鴉喧落日，連雲荒草壓輕塵〔一〕。來經官渡相持後，柵孔争誇插柳新〔二〕。

〔一〕「輕」，硃筆改爲「征」，原字未删。

〔二〕「争誇」，《慎旃初集》作「枝枝」。

水心寨

雲端高勢原相倚，水底雙峰亦對開。斤斧削成天有力，江山奇絶我無才。亂離盡少閒僧住，要害曾誇敵國來。若向此中論砥柱，東流何日挽方回。

明月庵

綫路盤盤上碧霄，孤撑一意削岧嶢〔一〕。虬龍攫石藤枝健〔二〕，猿鳥離人野性驕〔三〕。鏡裏帆檣生水面，畫中亭檻轉山腰。赤城霧氣如相接，便似天台渡石橋。

〔一〕「意」，硃筆改爲「境」，原字亦未删去。

〔二〕「藤枝」，硃筆改爲「材何」，原字亦未删去。

〔三〕「離」，硃筆改爲「無」，原字亦未删去。「野性」，硃筆改爲「性自」。

沅南舟中寄李武曾

君歸我往勞勞路，風雨長灘夢李紳。亭障重番通嶺徼，溪山依舊到〔一〕詩人。每逢翠寶尋題字，若見紅綃定野賓。用唐人放猿事。只是子規啼切處，楊花不似向前春。

〔一〕「到」，硃筆改爲「怨」，原字亦未删去。

辰溪道中

山阪人行極嶮巇，路迴依舊出江湄。犁頭滴泪收遺鏃，馬骨無恩感敝帷。廢井禽言聲格磔，斜陽燕麥影參差。楚南零落皆三尺，何處從人話往時。

沅州即事口號五首〔一〕

其一

將軍意氣本飛揚，轉敗爲功事亦常。昨夜帳中傳上壽，酪漿留客出紅妝。

其三

欃星南望已無門，馬踏平池泮水渾。一片城南荒草地，佛樓鐘鼓自朝昏。

其五

江橋長亘影如虹，列肆居肰鬧日中。斷養近專商賈利，殺牛屠狗自成風。

〔一〕按，《側翅集》共五首，集中僅收第二、第四首，題中闕「口號」二字。

自沅州至麻陽途中四首〔一〕

〔一〕按，集中删去第一首、第二首，題作「自沅州抵麻陽二首」。

其一

雲裝煙屐記閒關，漸入西南天地間。帽影巧〔一〕遮當午日，泉源知〔二〕隔幾重山。驅馳身健知何補，吟眺心孤每愛閒。從此沅江清夢闊，鷗波渺渺自蒼灣。

〔一〕「巧」，硃筆改爲「薄」，原字亦未删去。

〔二〕「知」，硃筆改爲「響」，原字亦未删去。

其二

層巒高下走危坡，變態煙霞取次過。石蹴水花當道濺，日穿林影過溪多。草間有兔猶營窟，馬首逢人總荷戈。不信客懷消不得，據鞍無賴一高歌。

銅仁署中得家叔沅州書知與余離沅相距半日不勝惘然

過盡清江白石灘，蠻城鵲喜得平安。風波别〔一〕路愆期易，骨肉他鄉數面難。客醉壺歌驚遠夢，人今匏繫厭微官。殷勤書札凄凉話，永夜深燈制〔二〕泪看。

〔一〕「别」，硃筆改爲「蠻」，原字亦未删去。

〔二〕「制」，硃筆改爲「滴」，原字亦未删去。

銅仁書懷寄德尹潤木兩弟六章則專示建〔一〕

〔一〕「潤木」，原作「摺方」，後改「潤木」。又，按，集中删去第四首、第六首，題作「銅仁書懷寄德尹潤木兩弟四首末章專示建兒」。

其　四

俗近紅苗喜跨刀，瘴雲毒霧悶溪毛。牛羊瘦嶺耕難遍，户口窮鄉籍。〔一〕

〔一〕以下闕。

其　六

夜郎天外走無端，堠館經時穩住難。星斗夜分雙極目，江湖書到一加餐。烽傳鯨海波猶沸〔一〕，血漬牛涔土未乾。喪亂别中誰料得，急將好語慰平安。

〔一〕原注：「時傳浙有海警。」

小雨既過溽暑鬱蒸

六月南荒憎久晴，火維突兀苦無情。喜聞微雨凉生幔，坐看諸峰秀偪城。對影樹旋移白日，懷新苗已負蒼生。身愛天下慚非分，只要蚊蠅却扇清。

後庭瓔珞柏兩樹每早有黃鸝來鳴用義山流鶯韻〔一〕

新音睍睆羽參差，啼到聲多不自持。老樹每迎清曉韻，雙柑空負薄游期。聽來耳熟如鄉語，夢去心驚又別時。知有舊巢棲未定，金衣惆悵上南枝。

〔一〕「後」，《慎旃初集》作「署」。「來鳴」後，《慎旃初集》有「其間」二字。

禱雨行

昔聞黔中天無三日晴，今之所見乃徑庭。風從南來日如血，火雲燒空龍尾赬。山田高下就山勢，溪峒絶少三畝平。桔槔下汲虹宛宛，江水百丈難倒行。苗根拳攣草根蔓，黃泥坂裂墜作坑。呰中肥牛椎饗士，尺寸胼胝由躬耕，天乎未肯憫農力。半月慳澤胡無情。中丞睹此頻仰歎，未了干戈又荒旱。年來所事與心違，毋乃官窮累微賤。步行禱雨入龍祠，五日霑濡竟及期。公言感應偶然事，市恩煦煦非吾意。天功雖非人可貪，致此囏難得堪喜。誅求已看貧到骨，祇恐逢年尚難起。西南若許留孑遺，苗民雖頑亦人耳。即今海内盡兵荒，不獨傷心爲一方。我亦有田歸未得，每逢水旱苦思鄉。

郡齋喜雨午睡初覺偶題

絶勝僧窗借榻眠，簟紋凉似早秋天。山榴過節花偏豔，南鳥如人舌頗圓。筆墨新功分永晝，農桑閒夢得豐年。萬峰雲氣孤城雨，人在高樓捲幔前。

戲惱雷玉衡

兵火西南梗未通，乍來風味試黔中。酒傾蘆管傳瓶飲，衣綻椶櫚擘綫縫。白小偶烹供異饌，花蕎一稔抵年豐。憑君爲語滇南勝，只恐蠻鄉俗總同。

銅仁秋感十首次劉丙孫原韻〔一〕

〔一〕按，集中删去第五、第八、第九、第十首，題作「銅仁秋感和劉丙孫六首」。

其　五

東山秀入城，積翠雨餘生。不縱登高日，長屯遠戍兵。封侯争肉食，草檄賤文名。莽莽升沉計，攜龜就楚傖。

其八

傴仄歌難盡，人情大抵然。坦懷成衛玠，畏路讓劉鄢。夢入乘車穴，詩參造物權。長沙鴞似鵩，腸斷洛陽年。

其九

艱辛來僰道，怪事記初經。峻阪愁衝雨，長灘怒走霆。水花鳴翡翠，岸草拂蜻蜓。漂泊逢人話，依依似兩萍。

其十

及此同辰夕，都忘爾汝形。壺觴多暇日，幕府借居停。客況鴉啼署，家書鵲喜靈。最憐煙瘴地，相對眼猶青。

夢歸故園

一郡荆榛萬嶺猿，客愁盡處夢田園。影凉疏簟梧桐露，花艷秋階蟋蟀盆。籬落瓜壺仍翠架，書聲燈火又黄昏。倚閭白髮今無復，腸斷兒童出候門。

秋夜用陽明先生韻

月出山更高，蟲語秋逾静。江聲涼入户，銀漢澹留影。轅門鼓角悲，半夜徹邊警。比聞思南戰，喘息足尚屏。角弓挽未强，犀角卧已冷。有情有深感，無處無佳境。坐令孤客心，撫時惜清景。

祝京山將歸梅里有詩留别賦贈行二章酬之兼寄斯年武曾分虎兄弟〔一〕

〔一〕按，《慎旃初集》闕第一首，題作「送祝京山歸梅里並簡李斯年武曾分虎兄弟」。

其一

瘴斂巖城日已高，歸裝孑孑夢勞勞。到鄉社事黄花酒，别浦秋煙白鷺濤。木落旗亭催放艇，吟成樺燭記分毫。讀書射獵初心在，便好從君計善刀。

其二

三李前游跡未陳，烽傳苗部羽書新。日南詩句滄桑録，花底琴書現在身。彭蠡秋來無過雁〔一〕，夜郎天外又歸人。相逢爲話余兄弟〔二〕，兩地西風隔戰塵。謂家韜荒也。

〔一〕按，《慎旃初集》有注：「謂韜荒兄」。

〔二〕「爲」，《慎旃初集》作「若」。

送劉丙孫之任沅州劉安丘相國次子也

卧閣吟窗共幾旬，天涯此别忽風塵。路長且勿論歸計，母在尤應惜此身。相國風流宜有後，當時故舊豈無人。宦游情味如遷客，轉信微官不救貧。

秋懷詩〔一〕并序

鑾城秋早〔二〕，風雨凄其，懷遠思鄉〔三〕，一時并集，次第有作，得詩二十二章〔四〕。江湖浩蕩，分寄無由，異日奉几杖於先生，寫心期於同好，當一一出以相質〔五〕，用博和章焉。

〔一〕按，《側翅集》共二十二首，集中删去六首，僅收詩十六首。

〔二〕「早」，集作「晚」。

〔三〕「遠」，集作「友」。

〔四〕「二十二」，集作「十六」。
〔五〕「二二」二字，集無。

家二南伯閉户里居絶意仕宦

從前去住每逡巡，愛我無如伯父真。一别驚心連戰伐，兩年回首隔音塵。雲霞老健登山杖，絲竹名高捉鼻人。便好文章傳後輩，階庭玉樹已争新。

平陵宋梅知久客吾土往余在楚南晤令兄山臞於常武知其昆弟季闊絶二十二年矣因詩以寓消息

吴楚漂流各未還，浮雲回首極間關。來經嶺徼干戈後，交許君家伯仲間。丘壑幾成棲隱計，風塵遍老别離顔。天涯我正思諸弟，欲寄新詩淚已潸。

周青士在登州幕

聞君又傍東牟幕，緑水紅蓮映主賓。太守風流今有數，故鄉徵逐漸無人。幻呈海市沙門曉，青入秋旻泰嶽真。莫對江關説憔悴，庾家詞賦老逾新。主人爲潭舟市。

語溪吴橙齋

珊瑚筆格水晶簾，儒雅風流爾獨兼。别墅棋聲驚鳥散，後堂花氣避人嫌。詩傳梨板篇篇好，曲倚璚簫字字嚴。如此風光行樂過，肯將游屐到滇黔？

仲弟德尹性不耐家食自余出門以後遂羈游興聊以慰之

碧蘿紅蓼一汀煙，小雨濛濛濕釣船。旅食始知村舍好，新寒常作夢歸緣。芙蓉豔處霜侵闊，禾黍收時水冒田。婚嫁一家都累汝，望鄉情事祝豐年。

得又微姪書兼寄西嵵叔及閭英眉山聲山諸弟姪

經年草草悵乖違，又向蠻方換裌衣。戰地短書鴻偶到，故園樂事蟹初肥。論嚴同調交偏廣，曲到知音和要稀〔一〕。見説文場誇譙會，南游吾已卷争飛。

〔一〕「到」硃筆改爲「信」，原字亦未删去。

高村田家三首

其一

種田神堂灣，家在隔溪住。溪水清且淺，山光映秋素。日暮負戴歸，羣然亂流渡。欲看瘡痍瘢，烏催脱破胯。

其　二

俗貧盜見棄，夜户不可設。翻爲防逃兵，鄉社有團結。隔河聞人聲，睒睒鬼燈滅。我欲從之言，棘莽高八尺。

其　三

牛羊争隘巷，井臼引高木。村村聚一姓，鷄犬亦并宿。兵荒分同死，男女不輕鬻。所以五溪蠻，古來多巨族。

康家渡夜泊

水落沙明白石圓，沅江初月秀便娟。河房燈火千家市，客渡蘆花一葉船。波静魚龍銜尾去，夜凉鷗鷺插頭眠。天邊又送還家客，鄉思離愁夢并牽。前一夕，梅知别去。

馮葉村家

布裙翻翻短幅，高髻亭亭古粧。坐看人成翁媪，不知世有姫姜。

署庭老桂一本閏秋花凡三發最後值雨

山城無樹草芊綿，老幹秋陰不算年。顧兔迎蟾期好在，瘴煙蠻語爾何緣。先時黄傲籬邊菊，獨夜香依幕府蓮。省記一年秋好處，月華曾對兩回圓。

晴

山腰看雲生，澹若煙吹縷。俄然冒城郭，散作灑窗雨。晚來檐滴疏，翳翳微陽吐。瘴氣晴乍消，亂峰青可數。坐憶芙蓉花，清江相媚嫵。應有曝蓑人，纜船閣柔櫓。把茅縛蝦蟹，村酒買新煮。俗客問姓名，櫂歌入前浦。

重陽前一日得韜兄豫章信[一]

其二

寺門霜老擘黄柑，風滿征帆酒半酣。忽憶去年江上雨，菊花天氣别荆南。

〔一〕按，集中删去第二首，題作「重陽前一日銅仁郡齋得韜荒兄豫章信」。

送王子上歸山陰

小驛鳴榔雨餞秋，五湖蘋末一孤舟。乍爲别語遲尊酒，不負輕裝有敝裘。歸計長途須健飯，書生絶域幾封侯？天涯不獨憐分袖〔一〕，直爲思鄉也自愁。

〔一〕「袖」，《愼旃初集》作「袂」。

麻陽山中偶得

石刷參差勢倚天，下臨無地有奔泉。山腰一綫羊腸路，人度西風萬木顛。

送魯山省親歸里

殷勤尊酒别鑾天，安穩圖書壓客船。經眼雲山窮戰地，稱心詩句遠游篇。彩衣綫綻三秋後，白髮花濃八座前。不載丹砂供服食，閒居一賦已成仙。

魯山次韻留别再和一章

淼淼孤帆入楚天，漢陽煙樹洞庭船。羊腸岐路聞猿夕，雁足西風别鶴篇。客夢最勞聯榻後，歸心一到附書前。夜郎他日論才調，流落休輕擬謫仙。

發銅仁

黄茅無際天濛濛，霧雨散作雲滿空。陽烏畏寒晚始出，日氣不敵鹵來風。山南山北殊氣候，雜樹向背交青紅。眼前慰客有圖畫，不負萬里游黔中。

晚行田堧坪有呈楊公

濃雲薄雪萬峰頭，旗脚斜陽霧乍收。地僻窮山依獨戍，茅荒數頃得平疇。撫摩何計瘡痍起，兵火無情草木愁。滿眼已看民力盡，關心真切大臣憂。

過鷄鳴關

危關陡起勢巃嵸，俯仰江天一望空。野哭有聲愁白日，棄骸無肉任寒風。亂山列幕天將曉，巨石填壕路又通。險阻自存師自老，人間原是少英雄。

黎峩道中雜詩四首〔一〕

〔一〕按,《側翅集》共四首,集中删去第二、第四兩首,題作「黎峩道中二首」。

其　二

馬場河接羊場水,流下灘灘客渡稀。各種生苗同結束,七盤坂下販鹽歸。

其　四

清平美酒黄絲女,未到黔陽我亦聞。今日來從兵火後。傍誰買醉倚紅裙。

黔陽雜詩仲冬十五日作〔一〕。

其　二

一軍倉卒走牂牁,掩甲兼程算孰多。金筑平明傳檄到,鐵橋斜日據鞍過。百蠻尚足雄莊蹻,中使何曾折趙佗。莫笑狂生輕鼎鑊,淮陰他日竟如何?

〔一〕按,《側翅集》共五首,集中收詩四首,題作「黔陽雜詩四首」,且無題下注。

武侯祠

割據□才出，真從運數争。苦心扶季漢，餘力到南征。廟古寒鴉集，山高薄雪成。渡瀘緣底事，錯莫笑書生。

喜晤秦望兄兼志别

與君支派分兄弟，澥角天□一面難。豈意干戈成阻隔，翻從烽火報平安。宦途老憶田園好，客況初經慰□寬。莫忘殷勤明歲約，早梅花放待同看。

贈王兔庵二首

其一

行卷無多許對勘，亂餘游況并西南。途窮正值焚書劫，才大誰容捫虱談。白首長年心乍折，青燈細字眼猶堪。文章原是名山業，但説投時恐不甘。

其二

詩草親煩手校勘，相逢何意忽天南。一來絶域原拚命，每對知音必健談。候轉鶯花看漸近，歲寒松柏試誰堪。知君大有歸田興，話到山陰夢亦甘。

自五月以後不得德尹消息用少陵遠懷舍弟穎觀等一首六韻

聞汝辭入幕，經時少寄書。干戈淹别日。梅竹且村居。池草詩争秀，蠻燈歲逼除。兩年期易爽，十口計全疏。殘雪銜雙岫，春冰破一渠。依依游子夢，長日繞林廬。

兔庵手校余集小詩鳴謝

勿論詞賦動江關，髀肉消來客最閒。獨樹對床長聽雨，好風開幕一看山。歌狂擊節憐希和，笑指參軍語帶蠻。此日虞翻差不恨，向來知己一人難。

除夕貴竹署中次德尹去年此夜見懷湘南韻二首韻(一)

其一

草草行藏計未堅，鄉心此夕每依然。蠻枝對酒花無恙，絶塞逢春客有緣。賣賦他時憐爽道，封侯何計出于闐。來經戰地全争健，只對閒身惜壯年。

〔二〕按，集題作「貴陽除夕次德尹去年此夜湘南見懷韻」，删去第一首。

附《側翅集》後硃筆批語三條：

萬里從軍，正是書生失路。全卷本意乃往往在吟歎之外，此殊得古人身份。

文既别有集，一記一賦，録出可也。

七律佳者，真足追劍南。間有字句未穩及人所能有處，亦無妨也；五律太少，須沉酣少陵，方出今人之上；七古盡佳，恨少；五古梅知一篇，幾入浣花之廡。他作尚未頓挫，更須多作。

敬業堂詩集輯補卷二

慎旃初集

編者按,《慎旃初集》,約刻於康熙二十四年,題「海寧查嗣璉夏重譔,介堂同學諸子選閱」,版心題《他山詩鈔》,按五言古詩、七言古詩、五言律詩、七言律詩、五言排律、五言絕句、六言絕句、七言絕句分體編排,收詩四百首,《敬業堂詩集》闕載九十九首,剔除《側翅集》所載,今據康熙刻本《慎旃初集》輯入詩八十首。

又,《慎旃二集》,題下注明「起癸亥十月,止甲子三月」,題「海寧查嗣璉夏重甫篡」,版心亦題「他山詩鈔」,按時序編排,收詩一百零八首、詞六闋,《敬業堂詩集》闕載十九首,今據康熙刻本《慎旃二集》輯入詩十八首。

五言古詩

過小山下聞黄鸝

去家千餘里，已過銅陵西。連延盡山岡，坡陀或成隄。波濤所搜剔〔一〕，石裂崩黄泥。斧斤偶不加〔二〕，竹樹相排擠。其間有怪鳥，清曉如兒啼。一聲號向風，天闊雲悽悽。栗留故園禽，亦來此中棲。宛然聽鄉語，便欲忘孤羈。憶得草堂前〔三〕，千章影初齊。年年五六月，蒙密無行蹊。高枕喜聽汝，啁嘲厭蝳蜍。胡乃事行役。粮糧行不齎。弱弟兩三人，書笈多分攜。村居想愈静〔四〕，嬌兒對山妻。殷勤撫清景，懷遠頭頻低。浪游負初意〔五〕，諒亦不久稽。爲我留好音，睍睆向故溪。

〔一〕「所搜剔」，《原稿》作「恣蕩抉」。
〔二〕「偶」，《原稿》作「所」。
〔三〕「憶得」，《原稿》作「却憶」。
〔四〕按，《原稿》闕「村居想愈静，嬌兒對山妻。殷勤撫清景，懷遠頭頻低」四句。
〔五〕「浪」，《原稿》作「我」。

玉沙署中得家信却寄德尹

東坡與卯君，宦游各天涯。而我獨與子〔一〕，貧賤有别離。别離知不免，閲歷方自茲。去住皆依人，覥顔徒爾爲。升沉計未就〔二〕，忽忽日月移。與子少及壯，自負非凡姿。我如伏轅馬，檢束恒自持。子如渥洼産，騰踔不可羈。補短截所長，各用相縫彌。雙親早見背，下顧弱弟癡。常恐學無就〔三〕，忍傚兒女慈〔四〕。所以奉前訓，尺寸不少弛。尤宜自繩刻，敢使行已違〔五〕。同産各異爨，宗黨舉若斯。破俗尚未能，兩心自依依〔六〕。朝餐午飯罷，形去影必隨。一朝忽分手〔七〕，浪走西南陲。嬌兒及弱弟〔八〕，次第來牽衣。對之未忍去，逡巡屢更期。我行非得已，此意子弗疑。子雖入人幕，去國猶遲遲。相望百里間，曉發夕可歸。庶用慰内顧，使得任所之。昨來駐江縣，家書喜乍披〔九〕。開函無子札，低回久沉思。諒子已出門，急足不及齎。尺書尚如此，自餘行可知。疾風偃蒼葭，關城莽參差。長江雨聲裏，天闊雲四垂。此時苦憶子〔一〇〕，浩蕩何窮期。對牀聽蕭瑟〔一一〕，好景又一時。子如知此苦，幸勿事載馳。

〔一〕「子」，《原稿》作「汝」。

〔二〕按，「升沉計未就，忽忽日月移」二句，《原稿》以墨筆抹去。

〔三〕「就」,《原稿》作「成」。

〔四〕按,「忍傚兒女慈。所以奉前訓,尺寸不少弛。尤宜自繩刻」四句,《原稿》僅「忍傚兒女慈。尤宜自繩刻」二句,且以墨筆抹去。

〔五〕「使」,《原稿》作「教」。

〔六〕「自」,《原稿》作「故」。

〔七〕「一朝」《原稿》作「無端」

〔八〕按,「嬌兒及弱弟,次第來牽衣。對之未忍去,逡巡屢更期」四句,《原稿》以墨筆抹去。

〔九〕「駐江縣」,《原稿》作「玉沙署」。「乍」,《原稿》作「初」。

〔一〇〕「憶子」,《原稿》作「相憶」。

〔一一〕按,「對牀聽蕭瑟,好景又一時」二句,《原稿》以墨筆抹去。

七言古詩

吴江曉發〔一〕

月落未落鷄亂鳴,城頭漏板報五更。鄰舟解纜並時放,不聞人聲聞櫓聲。裹衾欹枕但假寐,蓬鋍數起窺天明。天風知我鄉思急,西北直送東南行。塵埃流浪忽四載,桑苧到眼誰無情。黄雲四野稻被壟，更喜農事占秋成。故籬菊花想正好，今夕貰酒當重傾〔三〕。

〔一〕按，《原稿》題作「曉發吴江薄暮抵家」。

〔三〕按，《原稿》有小注：「時德尹入黔。」

五言律詩

蘄黄道中二首〔一〕

〔一〕按，集中删去第二首，題作「蘄州道中」，删去「二首」二字。

其二

異代甘棠樹，清陰覆郭門。隄防仍水利〔二〕，阡陌自江村。父老知遺愛，牛羊散舊屯。廉平宜有後，飄蕩愧諸孫〔三〕。先京兆曾爲黄州司理，堰隄以防江患，至今賴之。

〔二〕「仍」，《原稿》作「存」。

〔三〕「愧」，《原稿》作「媿」。

沔陽舟中喜雨二首〔一〕

〔一〕按，集中删去第二首，題中删去「二首」二字。

其　二

吞吐霞光曙，初陽氣不熇。遠煙分岸出，輕霧近船消。客久衣裝薄，年荒盜賊驕。萑苻千里境，控轄亦云遥。

雁

楚頌虚甘橘，吴都有稻粱。轉驚秋向老，又見影成行。繒弋知何慕，飛鳴且異鄉。荆南書疏少，况乃過衡陽。

武陵初春喜季叔自荆州至三首〔一〕

〔一〕按，集中删去第二首，題闕「武陵初春」四字，「三」作「二」。

其　一

生計真無賴，南游際亂離。雨多春黯黮，湖闊浪參差。旅况行粗覺，家書報每遲。竟消髀肉盡，騎馬亦何爲。

黔陽得德尹消息喜賦二首〔一〕

〔一〕按，集中删去第一首，題作「得家信」。

其一

昨赴荆州幕，南游又隔年。自憐吾到此，不願汝皆然。生事經三十，歸程望六千。向來離别意，愁醒瘴花前。

中秋無月 辛酉

兩地陰晴别〔一〕，鄉關月定圓。懷人今萬里〔二〕，對酒已三年。桂樹微吟外，秋燈倦客前〔三〕。一聞哀角起，始覺在天邊。

〔一〕「兩地」，《原稿》作「萬里」。

〔二〕「萬里」，《原稿》作「兩地」。

〔三〕「秋燈」，《原稿》作「燈花」。

三月十三夜雷雨初過皎月當空清氣徹骨自來黔中此景所僅見也

屈指黔陽月，今宵幾度看。蠻天晴故少，清景夜尤難。竹影經窗秀，花陰占地寬。誰知炎瘴地，風露儘高寒。

王拱生太守席上贈山陰吕子〔一〕

華筵臨水石，後閣出嘉賓。入座聞鄉語，知名抵故人。多才偏善病，不醉莫傷神。老驥驍騰極，謂黍字也。龍駒好自珍。

〔一〕按，《原稿》題前有「鎮遠」二字。

嘉魚縣

荻洲楊柳岸，秋漲上茅檐。水旱民何罪，兵荒事每兼。貧家逃户口，小縣窘魚鹽。客有田園慮，西成未可占。

七言律詩

送荆州兄入燕

夜雨鳴鷄又一時〔一〕，素心惟我與君知〔二〕。都應此外無兄弟〔三〕，不礙中間有别離〔四〕。鼠耳幾人誇異相，馬頭一月算前期。短衣射虎非吾分〔五〕，投筆從今悔亦遲〔六〕。

〔一〕「夜」，《原稿》改作「聽」。「鳴鷄」，《原稿》改作「聯牀」。

〔二〕「惟我與君」，《原稿》改作「惟弟與兄」。

〔三〕「兄弟」，《原稿》改作「肝鬲」。

〔四〕「不礙」，《原稿》改作「難免」。

〔五〕「分」，《原稿》改作「事」。

〔六〕「投筆從今」，《原稿》改作「挾策亡羊」。

贈胡星卿先生胡之先東川侯海其子尚南康公主二首〔一〕

〔一〕按，集中删去第二首，題中「子」後有「觀」字。

其二

見說登堂少雜賓，我來慚愧得相親。白頭子姪紛行酒，故國衣冠儼對人。六代興亡俱此地，一樽愁藉屬閒身〔二〕。江山滿眼猶龍虎，莫向新亭獨愴神。

〔二〕「愁」，《原稿》作「慰」。

從監利至荆州途中作三首〔一〕

〔一〕按，集中僅載第二首。

其一

小縣西來路屈蟠，行人依舊出江干。無端日月愁邊過，如此關山亂裏看。近驛路衝千騎出，摩雲高見一雕盤。往來笑指華容道，此地曾經走阿瞞。

其三

千里饑荒正接鄰，江天漠漠況風塵。閒田戰後虛農具，老樹門前有社神。南去只憑飛雁影，北來長遇蹋鵶巾。用范石湖集中事。相看滿眼皆生客，逆旅殷勤即主人。

奉呈大中丞楊公開府黔中八首存四〔一〕

〔一〕按，集中删去第二、第四首，題中删去「奉」、「開府黔中」五字，「八首存四」，作「二首」。

其　二

版圖更問西南遠，參井誰言彗孛妖。鈴閣微風頻報漏，轅門清吹偶聞簫。烏啼楚幕中秋雨，馬渡荆江八月潮。籌筆縱横深夜驛，依然銀燭對三條。

其　四

斧鉞專征尚黑頭，節旄特勅領諸侯。玄黄在野龍方戰，黑白當場局易收。麾扇坐清千里道，上書仍爲一方憂。可知簪筆如椽在，家客何曾藉馬周。

送揚語可自荆州東歸二首〔一〕

〔一〕按，集中删去第一首，題作「荆州與楊語可别」，《原稿》題後改作「荆州與楊語可别」。

其　一

楓葉蘆花白間紅，楚江收潦水痕空〔二〕。到家梅信遲南雪，一路歸颿怕北風。揮袂景偏愁歲晏，望鄉情祇願年豐。自從騎馬河陽幕，種樹書成媿石洪。

〔一〕「楚江收潦水痕空」，《原稿》作「故國遥指楚江東」。

晴窗排悶

餘滴空堦聽未窮，起來晨旭映窗紅。不知雲氣歸何處，頓覺秋光望已空。朔雁與人俱是客，楚山無樹但聞風。蠻天節候全無準，幾日陰晴迥不同。

送南陔歸山陰即次留別原韻四首〔一〕

〔一〕按，此題四首，集中删去第一、第三首，題中「南陔」作「彭南陔」，「歸山陰」作「赴長沙」，「四」作「二」。

其一

春燈累月借淜洄，客况鄉心種種寬〔一〕。彩筆夢回油幕暖，綈袍詩洗布衣寒。囊堪買醉愁何在，交到忘形事最難〔二〕。指點雲山還惜别，人間聚散果無端。

〔一〕「種種」，《原稿》作「一一」。

〔二〕「事最難」，《原稿》作「古亦難」。

其　三

白頭堅坐看桑田〔一〕，鳥道荆吴路幾千〔二〕。累爾全家俱作客，得歸三逕已如仙。不煩零雨占鳴鸛〔三〕，恰好春風聽杜鵑〔四〕。此去桃花春浪暖，黔陽回首瘴成煙。彭舉家同歸，故中四語云然。

〔一〕「堅」，《原稿》作「閒」。

〔二〕「鳥道荆吴路幾千」，《原稿》作「路阻羊腸鳥道邊」。

〔三〕「不煩」，《原稿》作「東山」。

〔四〕「恰好」，《原稿》作「西蜀」。「聽」《原稿》作「感」。

酬贈李子受太守時視篆威清

春風逸足起驂驔，峻坂驅馳力尚堪。常使名家虚左席，得從幕府借深談。青天轉粟功無兩，紅燭揮毫漏每三。莫道浮雲如富貴，一時霖雨到西南。

石榴花和中丞公原韻

火齊堆盤談欲然，珊瑚枝重未勝懸。歌唇自愛施朱赤，醉面誰扶滿鏡妍。金谷兩鬟珠論斛，劉郎一賦錦分牋。紅侯莫趁紅裙伴，馬上琵琶聽或憐。

送秦望兄東歸二首〔一〕

〔一〕按，集中删去第二首，題中删去「二首」二字。

其　二

攬涕還家感再生，乾坤牢落歲峥嶸。已看昨夢隨雲散，不礙歸裝似葉輕。急浪西風初放櫂，殘烽南國尚徵兵。知君矯首干戈外，從此林泉抵宦成。

寒雨侵檐竟夕不成寐

棐几攤書倦獨憑，多年布被瘦稜稜。風迴廢壘秋殘角，雨澹新寒夜半燈。絶塞聞鷄常憶伴，鄉書和雁兩無憑。枯桑海水思歸路，身世無端百感增。

九日同赤松上人登黔靈山最高頂十首存五〔一〕

〔一〕按，集删去第四首，題中改「十首存五」作「四首」。

其　四

茶煙禪榻鬬身强，旅思無聊托望鄉，塵外陪游初得伴，座中無酒不成狂。天連蜀道雲常黑，秋老苗山草變黄。總道南荒風景别，亂餘情味倍蒼凉。

黔陽元日喜晴三首〔一〕

〔一〕按，集中删去第二、第三首，題中删去「三首」二字。

其　二

見説金門有賜酺，眼前差覺闢榛蕪。重登羅鬼春盤菜，還看門神舊樣圖。白雲未妨吟興好，青春能遣客愁無。殊方風物參差節〔一〕，排日山花映酒壚。

〔一〕「參差」，《慎旃初集》作「差參」，據《原稿》改。

其　三

臘去春還客未回，曉風無賴一低佪，石光敲火三年過，銅柱無名萬里來。鄉信背冬遲雁過，蠻燈昨夜有花開。定知歸計今番決，檐鵲晨光趁曉催〔一〕。

〔一〕「檐」，《原稿》原作「檐」，後改作「門」。「趁曉」，《原稿》作「蚤見」。

送友人入蜀二首〔一〕

〔一〕按，集中删去第二首，題中删去「二首」二字。

其二

江柳江花近錦城，戍樓吹笛又時清。草堂若在松應長，酒市重來路已生。抵掌何人談巷戰，賣刀幾處起春耕。白碑一統原無字，不用多留劍閣銘。

午日次中丞公原韻

紅筵温篆午庭閒，鈴閣微風静掩關。炎嶺瘴深宜小扇，蜀葵花好出雙菅。葛巾漉酒愁初醒，芒屩穿雲客未還。忽憶水嬉多勝會，畫船簫鼓隔江灣。

發貴陽留别中丞公四首〔一〕

〔一〕按，集中删去第四首，題作「發貴陽留别大中丞楊公三首」，《原稿》題作「發貴陽留别大中丞楊公四首」。

其四

又寄行裝百卷書，蕭然襆被指田廬。情牽風雨更期數，戰定江山一笑餘。天際歸舟程兩月，舍南生計藥雙鋤。如公正繫蒼生望，那得林泉賦遂初〔二〕。

〔二〕按，《原稿》有自注：「時中丞方以養母乞歸」。

贈裴長齡太守

簾閣凝香句好裁，清泉一勺抵啣杯。直從修養存民力，一任更張聘吏才。依舊鷄豚通里巷，斬新荆棘起樓臺。大廷留意收公望，正要龔黄歷守迴。

同董別駕飲晉次公明府寓樓

高樓百尺月三更，客許疏狂減俗情。雅集未須防醉尉，使君猶喜似書生。雲間樹引歸心切，京口潮迴蕩槳迎。董官雲間，晉家京口。記取一尊同萬里，秋風初動潕陽城。

重過盈口

馬跡衝泥記昔曾，山村重過不堪登。風飄敗屋茅俱墮，雨裂頹牆土漸崩。雀鼠離人愁覔食，猿猱飲澗故攀藤。楚南久屬休兵地，欲起流亡奈未能。

白蓮和葉九畹彭南陔韻

玉容消酒粉生光，一鏡亭亭寫淡妝。傾蓋何緣逢步襪，浣紗不覺濕羅裳。緑衣惆悵絲如妾，白面依稀貌比郎。欲並蘭撓涉江去，素心人在水中央。

呈觀察趙雲岑先生

九郡魚鹽錯楚疆，皇華南北戒舟杭。神清樽俎公私辦，力矯波靡上下妨。到處荒郊行露冕，有時晝戟坐焚香。栽花種樹初無意，他日留爲召伯棠。公於署右别闢池亭，故云。

八月十四夜洞庭舟中風雨悵然有作再寄德尹黔南二首〔一〕

〔一〕按，集中删去第一首，題中删去「二首」二字。

其一

碧落紅槎事渺然，客愁還扣洞庭舷。獨醒獨醉他鄉又，秋雨秋風此夜偏。橘社有書傳故事，鮫宫無淚貯經年。不知一度中宵月，肯與離人照影圖。

錫山與許振庵別

別後浪游經亂後，湖南相見復江南。歸期荏苒踰重九，把酒殷勤感再三。故國交游今漸少，天涯風味飽曾諳。一城曉角千山月，更與何人抵足談。

五言排律

贈李遜五明府二十四韻

當代論先達，如君雅自賢。起衰文創格，摛藻筆如椽。虎觀羣生避，牛刀小試偏。單車來亂後，廢井近江壖。襟帶連諸郡，枝梧仗五年。俗貧寬賦斂，民少賴安全。水潦行堪痛，兵戈劇可憐。易於腰笏去，仁祖視師旋。謀國心逾赤，憂時髩改玄。挽回才不小，保障計方堅。漸覺流亡復，誰知愛養專。苦辛籌筆驛，次第燭花筵。櫛櫛千村樹，葱葱萬竈煙。陰功看已厚，食德報何愆。花縣春方入，槐廳歲必遷。乍來香案吏，終返玉堂仙。薄俸捐千石，崇堦候八磚。飛鳧還滯楚，展驥欲歸燕。賤子知名舊，南州許榻懸。偶因趨幕府，且復駐江邊。醉我陳遵席，輸人祖逖鞭。尚思吞八九，莫訝走三千。感激行何地，蒼茫敢問天。此來欣御李，潦倒話尊前。

五言絶句

吴門喜遇董亮工兼以贈别

與君皆去國，相見一含情。從此閶門柳，殷情比渭城。

得仲弟消息四首

其　一

分手三年外，驚心百戰餘。乾坤吾憶汝，不敢望來書。

其　二

昨歲長沙信，殘冬有雁飛。如何千里道，失計賦同歸。

其　三

忽有長須至，傳君已到家。怪來春樹上，雙鵲曉查查。

其四

莫作俱漂泊，依人鳳已凡。洞庭春漲起，仍恐滯歸颿〔一〕。

〔一〕「仍恐滯」，《原稿》作「有約掛」。

高寨

緑蕨荒無際，黄茅直到天。秖因鄉路遠，猶自惱啼鵑。

七言絶句

從梅花橋至鴛湖

梅花别墅小橋傍，醉裏舟人唤束裝。戀殺家鄉好風景，野蠶生子稻抽秧。

吴江田家

小郭周遭路向斜，一竿風色酒人家。今年豆麥沿湖好，黄過春田有菜花。

午日吴淞道中

水村山市互周遮，簫鼓龍船静不譁。賴是吴姬諳節候，釵頭紅點石榴花。

金陵雜咏〔一〕

〔一〕此題共二十六首，集及《原稿》均删去第三、第四、第十四、第十五、第二十二、第二十五首，題增「二十首」三字。

其　三

一六常期許放舟，内官鎖鑰閟中洲。後湖此後渾無禁，只欠笙歌爛漫游〔一〕。

〔一〕「只欠」，《原稿》原作「只欠」，後改作「可少」。

其　四

永寧寺後墳堆淺，木末亭邊廟貌殘。翻恨門人成藁葬，斷碑無望出長干。

其十四

大癡狂號滿江南，幾處旗亭憶酒酣。莫比平泉嗤刻石，萬金終古屬姚三。

其十五

古鼎塵埋笑石川，未除青緑儘鮮妍。人間何限磨銅婢，偏向晴窗問質錢。石川，田姓。晴窗，費姓。

其二十二

往事消磨半不傳，留都人物亦蒼煙，至今聞説丁清惠，遺愛分明萬曆年。

其二十五

講殿横開席未收，四天黄霧塞潮溝。江山龍虎依然在，從此都城號蔣州。

題王汾仲和杜彦之詩集

舊事荒凉筆墨閒，華顛憔悴比商顔〔一〕。兒曹不解清吟味，只合摇頭笑景山。

〔一〕「憔悴」，《原稿》作「一皓」。

題方邵村侍御游梁草

元魏新都古汴梁，大河南北莽風霜。分明御史留題在，恰似殷家三十章。用《長慶集》中事。

戲題韜荒兄留别阿瓶詩後

綵筆休誇庾杲之，年來心事有誰知。紅蓮緑水差相似，並入儂家阿軟詩。「緑水紅蓮見杲之」，元裕之詩句。「緑水紅蓮一朵開」，白樂天贈阿軟詩句。

江閣苦熱

蘄州竹簟軟於藤，汗濕羅衫倦獨憑。想到江南菱芰美，水亭長日冷如冰。

遣　興

水宿風餐兩月餘，此來不食武昌魚。儂家自愛蓴鱸味，鄉夢連宵已入吴。

初入小河〔一〕

〔一〕此題二首，集及《原稿》均删去第一首。《原稿》題後有「二首」二字，後删去。

其　一

漢水西分百里湖，清流一瀉落平蕪〔二〕。漁舟聚處疑無路，百折蒼灣一色蘆。

〔一〕「一瀉」，《原稿》作「曲折」。

遣家信

其一

應諒天涯游子心，空函臨遣復沉吟。平安兩字渾無用，不信真堪抵萬金。

其二

鯉魚風信報重陽，九月荆南已作凉。却記年時秋雨夜〔一〕，一燈明暗照縫裳。

〔一〕「却記」，《原稿》後改作「記得」。

武陵郊外看薔薇作

狂花狂蔓繞西園，弟勸兄酬共一樽。今歲花時知憶我，題詩却在武陵源。

雪中兔庵齒痛戲次南陔韻

看君高枕過新年，不是詩仙亦酒仙。便使齒牙牢且潔，廣文無肉效吞氈。

滇南從軍行十二首〔一〕

〔一〕按，此題十二首，集及《原稿》均删去第三、第六、第九、第十一首等四首，題作「滇南從軍行八首」。

其　三

白羽稜稜三尺長，桔槔峰下挽弓强。射雕本是名王技，好去天南殪白狼。

其　六

萬峰春瘴燒痕青，行過安南路始平。試近瀾滄橋畔望，依然水草似南庭。

其　九

劍首殘骸肉未枯，紅裙啼血看糢糊。山頭緑徧藦蕪路，只是難尋押不蘆。押不蘆，起死回生草也。出元阿醯主詩中。

其十一

西域胡僧問道通，乞師歸去走無終。昆明劫過渾難辨，黑土淋漓戰血紅。

懷家叔荆南

五月江鄉樂事多，家家麥熟繭成蛾。漸知官舍無公事，卧聽青蓮撥穀歌。

黔陽客舍自夏徂秋不聞蟬聲

一軍樵爨盡山林，秋到惟聞蟋蟀吟。不是蠻方殊節物〔一〕，亂餘無樹借休陰〔二〕。

〔一〕「蠻」，《原稿》作「炎」。

〔二〕「亂餘」，《原稿》原作「滿城」，後改作「亂山」。

射亭東隙地數畝秋草叢穢中有朱蓼盛開

馬菌生牆雨半頹，眼明喜見蓼花開。笑他榮落秋蓬樣，不向清池照影來。

軍中行樂詞十一首〔一〕

〔一〕按，集及《原稿》均删去第二首，題中删去「一」字。

其二

絶域燕支何處山，强梳雙柳學垂鬟。短裙高髻諸苗俗，一種新粧鬭百蠻。

讀史有感於高駢事

其一

我笑淮南吕用之，曾將禍福博軍師。如今樓閣参差地，何似江陽后土祠。

其二

教主居然恥帝臣，他時無計避焚身。日中兵解渾閒事，不及青州郭景純。

署庭櫻桃寒食後尚有數花

緑陰青子土墻隈，蛺蝶尋花故故來。等是晴明好風景，南枝冷落北枝開〔一〕。

〔一〕「冷」，《原稿》作「零」。

發貴陽宿龍里縣署〔一〕

官舍周圍帶土墻，盆池新漲接方塘。歸人已夢田廬好，只道蛙聲是水鄉。

〔一〕按，《原稿》題作「晚宿龍里縣署」。

興隆衛寓樓晚坐

一聲清磬出柴關，庵主軍持乞米還。暝色已來棲樹鳥，夕陽猶在隔城山。

瀘溪道中即目〔一〕

其　二

石當編茅藤作梯，此中出入本無蹊。可憐身命獼猴似，接臂朝朝下飲溪。

〔一〕按，此題二首，集中删去第二首，題作「瀘溪」。

登蕪湖浮圖重陽前一日〔一〕

〔一〕按，此題二首，集中删去第一首，題作「登蕪湖浮圖」。《原稿》「重陽」前有「時」字。

其　一

千里江流一線長，登臨秋日喜秋光。浮雲東去天垂盡，目力窮邊得故鄉。

慎旃二集

席間留別三首

其　一

二八華年二五絃，曲終人去雁飛邊。秋聲今夜全催別，一派瀟湘暮雨天。

其　二

酒盞曾爲半月留，垂虹無分共扁舟。湘絃將以余行之次日歸婁東，故云然。殷勤莫唱公無渡，去最凄凉住亦愁。謂豹臣、韜荒、翁源輩。

其　三

弄珠消息寄分明，夢覺能忘載酒情。前二日，徐淮江書來，傳弄珠已落入人手，並志惆悵。料得歸時君又嫁，有誰憐我未成名。

富陽縣

海疊潮不到，江味澹孤城。葉盡峰巒湊，天寒浦溆清。就舩争晚渡，種樹抵秋成。鄉路愁余望，蒼蒼隔兩程。

去桐廬縣四十里嚴子陵先生祠堂在焉雙岫臨江相傳釣臺故址二首

其一

他日劉文叔，連牀本故人。直忘天子貴，方信布衣真。亂石仍星瀨，千秋此釣緡。熊羆曾入夢，投老尚稱臣〔一〕。

〔一〕「尚」，《原稿》作「笑」。

其二

何事逃名者，翻留萬古名。水清山骨見，松老鶴巢成。勞我風塵路，輸君澹漠情。由來高世士〔一〕，一意必孤行。

〔一〕「高世士」，《原稿》作「丘壑士」。

清溪即事口號十首〔一〕

〔一〕按，此題十首，集及《原稿》均删去第二、第七首，題中闕「即事」二字，改「十」作「八」。

其　二

人説清溪好，清溪亦可憐。結茅排米碓，編竹當柴船。

其　七

千點出龍胎，珠光半夜開。上流鑼鼓鬧，知是放燈來。

送又微姪自豫章東歸次章兼示德尹〔一〕

〔一〕按，此題二首，集删去第一首，題中闕「次章」二字。《原稿》删去第一首及題中「次章」二字。

其　一

已具歸舟復改期，鄱陽連夕浪參差。附書草草言難盡，别夢紛紛醉不支。萬事風塵揮手路，一年冰雪紀行詩。故園消息南枝近，春在梅花未吐時。

錢玉友自嶺南歸賦贈二首〔一〕

〔一〕按，此題二首，集及《原稿》均删去第一首，題改「歸賦贈二首」作「來」。

其一

丹荔蒼榕不記秋，清時來往最風流。儘教文變如龍格，偏愛裝輕比葉舟。中使久虛天外騎，才人例作嶺南游。趙陀馮寶翻巾幗，錦繖誰巡二十州。

玉友別後寄詩三首次韻奉答〔一〕

〔一〕按，此題三首，集及《原稿》均删去第一首，題改「三」作「二」。

其一

情深縮君帶，語妙書余紳。富貴薄交游，肺肝撐賤貧。狂遭媢子妬，傲被奴顔嗔。乾坤自沉寥，局促苦不申〔一〕。方枘入圓鑿，意氣胡由親。自從東澗殁〔二〕，天下無才人。諸孫有吾子，奇特寧家珍。魚目混明珠，得膺自失真。不材養樗櫟，枝幹偏輪囷。坐令曠世才，落拓江湖濱。所欣堅白質，磨涅無緇磷。男兒出處途，本末各有因。只合醉後唾，加彼車中茵。仰面視八荒，長嘯凌蒼旻。

〔二〕「苦」，底本作「若」，據《原稿》改。

〔三〕「歿」，《原稿》作「没」。

元宵家觀察署齋小集次允文原韻二首〔一〕

〔一〕按，此題二首，集及《原稿》均闕第二首，題中「元宵」作「元宵前一夕」，「觀察」後有「伯」字，無「二首」二字。

其　二

飲許希中聖，詩容儗下賢。夜光争白雪，花氣煖紅筵。雅致開襟得，傷心舞袖妍。蹉跎逢令節，容易送流年。

章江舟次送李斯年赴湖南幕府三首〔一〕

〔一〕按，此題三首，集及《原稿》均闕第三首，題中「三」作「二」。

其　三

江湖倦羽易分行，南北愁如别路長。此去京華逢愛弟，謂分虎。雁書猶及寄衡陽。時余將有燕行。

楚黄陶忠毅公以世胄協守寧前衛城陷之日公殉節焉事具合肥宗伯行略其冢子上辛出公畫像索題敬賦二律用東坡出塞謁楊無敵舊韻〔一〕

〔一〕按，此題二首，集及《原稿》均删去第二首，題中「城陷」前有「癸未」二字，闕「之日」、「敬賦二首」、「東坡出塞謁楊無敵」數字。

其　二

曾聞嫪面走花門，血洗征袍記舊痕。他日臧洪終赴義，同時南八復何言。邊沙過眼三災劫，朝議傷心兩字尊。若向濤頭看組練，素車白馬是忠魂。

新柳詞和允文四首〔一〕

〔一〕按，《原稿》四首，後删去第二、第四首，題改「四」作「二」。集亦僅收二首。

其　二

踏青人去放晴天，小院新陰望接連。想到江南好風景，緑絲紅索掛秋千〔一〕。

〔一〕「秋千」，《原稿》作「鞦韆」。

其　四

一遍東風一遍吹，當年光景剩枝枝。固姑雙柳新翻様，別有風流不入時。

題曹石閭端州唱和集後

粤東數子名籍籍，吾家兄韜荒弟德尹俱相識。歸來各挾贈行篇，剞劂裝潢别成帙。我昨吴閶遇梁子藥亭，想像風華見陳元孝屈翁山。今君再示唱酬詩，風物山川儼眉列。桄榔木堅荔子好，瓊莞名香多血結。匣中佳硯鑿端溪，袖底奇峰擘英德。千金堪笑漢臣裝，翠羽明珠皆俗物。後來韓蘇經遠宦，千載文章兩相匹。同時嶺表少文人，坐令名賢感遷謫。天昏瘴海昔愁到，地遠人才晚始出。即今來往最風流，地主詩能敵嘉客。蜀桐不扣岐陽鼓，未許清聲出金石。冠蓋紛紛説壯游，如君雅致曾多得。

昌江竹枝詞九首〔一〕

〔一〕按，《原稿》九首，後删去第六首，題改「九」爲「八」。集中亦僅收八首。

其　六

一春每多逆浪風，船上看山又不同。畫眉啼入遠山緑，杜鵑叫得近山紅。

敬業堂詩集輯補卷三

壬申記游

編者按，《壬申紀游》中所載之詩，查慎行編集時收入《敬業堂詩集》卷十四《溢城集》，然有未收入集中者。今據浙江省圖書館藏查慎行手稿《壬申紀游》輯入，計四十四題五十七篇。稿本中殘缺字以□標出。

浚義舟中書所見

嗟爾徒誇人力工，屋茅捲地似飛蓬。鵲巢狡獪能高踞，偏在枝頭不怕風。

獨游虎丘寺

不記春山幾度登，亂泉疏樹一層層。獨來對石兩物語，偶爾趁人如得朋。屐齒静聽高處響，欄杆留待倦時憑。三生似夢蘧然覺，又作匡廬行脚僧。時余將往九江。

荆溪雜詠

其　一

採茶攜妓有新詩，太守風流憶盛時。惆悵我來春較淺，窑煙青過牧之陂。

其　二

學士南遷白首還，買田陽羡分真慳。杜鵑枝上杜鵑鳥，叫得吴山名蜀山。蜀山有東坡書院，山以先生得名也。

其　三

宜壺一具值千緡，雅製争誇妙絶倫。誰與龔春傳手技，大彬没後更無人。

其　四

虎丘寺之惠山寺，補綴亭臺復幾多。較是雙溪風俗好，不裝游舫載笙歌。

溧陽與宋梅知話舊

天公惱我好遠游，吴中六日遇石尤。朝來浪静渡兩氿，汫練西去纔通溝。平陵古城又停櫂，所到未免成淹留。故人家住城南陬，三間老屋支平疇。屋頭浪浪響新雨，不聞乾鵲聞鳴鳩。入門大笑劇飛動，頓令羈旅寬家愁〔一〕。可憐爲人好心事，無酒酟我典子裘。十三年來一會面，離緒欲話翻無由。不知其主視其僕，相見亦復多綢繆。我今生計迫衰賤，未甘漁釣依林丘。子雖居貧勇過我，淡泊與世能無求。年逾五十方舉子，六歲上學工咿嘎。客來呼使出長揖，雒誦所記聲如流〔二〕。眼前即此堪自慰，餘者得失非人謀。洴翁家韜荒兄。桐叟王右朝。久下世，與君那得還黑頭？杯闌仍作黯然别，問我懷刺將誰投？九華五老有夙約，此行此願吾將酧。裹糧中道尚告匱，貸粟或就朱江州。敬如太守〔三〕。

〔一〕「家」，《原稿》作「窮」。

〔二〕「雒」，《原稿》作「熟」。

〔三〕「敬如太守」，《原稿》作「謂恒齋太守」。

板子磯

狼藉寧南十萬兵，蕭蕭草木但空城。可憐板子磯頭水，難洗將軍跋扈名。

雨阻大通驛先寄桐城高明府丹植

古驛西來已放晴，無端又作打蓬聲。江南江北人千里。春雨春風夜二更。殘夢易消村店酒，急裝誰諒倦游情。年來事事都難料，豈獨舟行忌算程。朝來風順，意薄昏可抵樅陽，不謂尚隔一程也。

即　事

依稀已過曉粧時，捲起珠簾驀地垂。一片水煙昏似夢，柳絲絲夾雨絲絲。

古道庵羽人抱一乞詩留飲一絶

坡陁直走高山脊，上有樓開面面窗。老樹却遮三面暗，獨留一面看南江。

田間先生聞余至從山中命駕來會即夕招飲賦呈二章〔一〕

〔一〕集中僅收第一首，題作「田間先生聞余至自青山命駕來會喜賦」。

其　二

居人指點路人誇，有客能邀長者車。即此鄉風殊近古，到來樂事更何加。江山洵美須賢主，子弟多才必世家。先生孫曾共十二人，皆好學能文。自笑兩塵猶隔道，仙源無分看桃花。先生次日招余同往青山看桃，以事不及追隨，故云。

樅陽客舍遲高丹植不至

初聞飛舄到江邊，躑躅征車遂不前。逆旅竟同三宿戀，叚期翻爲一程愆。茅茨避雨沝沝漏，蘿壁當風户户穿。敢向此中嫌局促，蓋蓬强如浪頭舩。

賦道楷之約走筆答之

晾蓬天好愛春晴，已辨街西踏屐行。畢竟登山緣分淺，鵓鴣鳴作雨來聲。

自樅陽至楊樹灣道中即目〔一〕

〔一〕第一、第二首集中不載，《原稿》亦不載第一首。

其一

亂山西北走孤城，起伏坡陁勢不平。頗似秣陵關外路，羊頭本作桔槔聲。

其二

泥犁破塊水初渾，低處人牛聚作村。野渡無船行不到，隔溪一帶好田園。

與丹植

小時萍聚長萍飄，君已飛揚我寂寥。久別喜聞官濟濟，獨來真覺水迢迢。山桃繞郭紅千樹，津柳迎鞭緑萬條。賴是龍眠春色早，得從花縣過花朝。

寒食獨山湖舟中

已過桃花漲，湖灘尚露痕。草青沉雁浦，山緑禁煙村。

次韻酬別錢越秀

其一

十里風花夾路香，踏花尋到讀書堂。自知久住緣終淺，還恐重來路易忘。畫裏有詩吟未足，山中無曆日猶長。此間萬事輸君樂，只費朝朝負米囊。

其　二

草廬端合著名賢，深鎖林塘十畝煙。但覺花光猶繞屋，不知松勢已參天。一經累汝才真屈，半菽娱親事可傳。珍重前期臨別約，書來雙眼望長懸。

己未夏與韜荒兄同赴軍幕道出皖上泊舟登城南樓指顧江山詠高青丘詩意氣殊壯轉盼十四年兄久下世余落魄重來感念舊游詩以寄慨〔一〕

〔一〕按，《原稿》闕「詠高青丘詩」五字，「寄」，《原稿》作「志」。《原稿》僅載第二首。

其　一

江關南北論雄麗，京口西來數皖城。便與石頭成鼎足，上流形勢必先争。此首紀兄當年語。

其　二

吴頭楚尾茫茫路，屈指前游十載多。不料重來無老伴，壯心銷盡怕風波。

小孤山

珠衣玉座押仙班，倔强天吴掉尾還。真與迴瀾留砥柱，潮痕不上小孤山。海潮不過小孤山，唐張繼詩云：「潮至潯陽回去，相思無處通書。」明人詩亦有「江過潯陽始上潮」之句。

重至九江

弱柳江邊路，西來八换船。黄泥淘作浪，灌莽亂侵壖。市已移闤隘，民多逐貿遷。尚留漁户在，曬網夕陽天。

恒齋太守有喜余至湓城之作奉答

已失半年約，到來榻尚懸。能生僮僕敬，方見主人賢。酒滿藏書屋，詩催刻燭聯。轉添存殁恨，流落話從前，憶大司空也。

又和一首〔一〕

疇徑從鋪杜老氈，殘春如夢過今年。風光官舍長飄雨，時節征衣又拆綿。燕尾翦開輕作影，蛛絲網得薄如煙。浪游蹤跡依稀似，老眼看他分外憐。

〔一〕此首刪改頗多，一片塗鴉，最終均圈去，故集中未收。

酴醾花下

其一

疏叢嫩蕋細差差，勾勒春光別有姿。應是上頭攀折少，放梢先報出墻枝。

其二

此花開後雜花稀，酒入濃香似乳肥。賸想家園初夏景，朱藤一架壁薔薇。

下榻小軒額曰緑蔭并系以詩

新桐翠柳交加緑，小閣幽深似隔溪。南北窗開人未起，朝朝欹枕聽鶯啼。

小雨枕上作

幽人正作去聲。還鄉夢，惱亂鄰墻屐齒聲。又是今年花事了，一天春雨滯江城。

春盡日游延枝山歸聽退思堂演劇疊韻二首

其一

勿論芳信易蹉跎，及取春山一遍過。鳥勸捉壺能醉否，風吹短鬢奈絲何。閒情老愛柴桑賦，故壘愁徵觱栗歌。溢城被明季兵火後，至今凋殘未起。染得胭脂成土色，惜花人少落花多。俗呼胭脂山，以土皆赤壤也。

其二

年來何事不蹉跎，可但春隨短夢過。伴我他鄉情幾許，送君南浦恨如何。櫻桃未上看花宴，箏笛宜聽隔院歌。好是流鶯新出谷，江城近日柳蔭多。

新桐

亭亭碧梧桐，入夏勢方長。其枝直如臂，其葉大如掌。細乳未垂華，新陰愛森爽，庭深得幽趣，上展綠雲幌。晴拒夏日炎，凉招好風響。旅人本孤寂，配汝怨成兩。誰言天地寬，纔足容俯仰。不知此根株，幾年受培養。當時誰用意，手植供我賞。北窗移卧榻，已作羲皇想。獨欠一聲蟬，臨風猶怏怏。

新竹再索灌園和〔一〕

其一

我從田間來，性與植物宜。而性猶愛竹，無竹俗難醫。有亦不在多，脩脩兩三枝。捲筒脱斑籜，削出青瑶姿。朝來漸放梢，緑净無瑕疵〔二〕。鳥重不敢踏，風輕自來吹。閒開小卷書，秀色奪兩眉。勿嫌老幹醜，所專在本根。堅靭方自兹〔三〕，幹老方紛披。

〔一〕按，《原稿》闕「再索灌園和」五字。

〔二〕按，《原稿》闕「朝來漸放梢，緑净無瑕疵」二句。

〔三〕按，《原稿》闕「所專在本根。堅靭方自兹」二句。

其二

長吟既已罷，忽憶去年詩。故國十畝陰，周匝環一池。老人視籬笋，愛護同嬌兒。森然看成行，高下肩相差。不使客題名，琅玕緑無疵。今來稍蒼勁，又復生孫枝。我昨別家日，孫方學步時。行當早程歸，截與竹馬騎。懷興祖也。

梧桐雨

客舍孤燈照影真，梧桐葉上雨聲新。此聲只好一回聽，料得聽多定惱人。

瓶中罌粟花和灌園韻

別院攀來帶露華，暫時紅豔入窗紗。一囊多少明年種，老去看花倍惜花。

九江向無鰣魚網户忽獲一尾以饋太守晚餐分噉詩以紀之〔一〕

照網收來出水新，眼光汃汃尾莘莘。行厨亟與傳方法，第一先教勿損鱗。

其　三

七筋纔供腹已皤，其如每飯不忘何。人情那得新知足，翻怪從前漏網多。

其　四

〔一〕按，此詩共五首，集删去第三、第四首，題改「詩以紀之」作「作三絕句」。又，《原稿》無「照網收來出水新」一首。

昨日灌園以清齋不食鯖魚晨餐補噉乃隔歲糟藏者作詩解嘲屬次韻[一]

其一

未肯長齋復斷葷，也應難割爲鱗羣。老人自欠嘗新分，此腹何曾敢負君。

其二

片□重開小甕魚，[二]臘糟香透味何如。一一□飽供兼味，[三]不礙齋期讀道書。余齋期在明日，故云。

〔一〕此二詩修改較多，一片塗鴉，尤以第二首爲甚。最終均圈去。

〔二〕此句，原作「臘糟香透去年魚」，後復改。

〔三〕此句，原作「傳語江湖方健飯」，後復改。

三月晦日和灌園

一日陰雨一日醉，夜來病酒朝來睡。日復一日朝復朝，九十春光過如駛。忽聞啼鳩催天晴，野人夢覺醉亦醒。與君戒酒入茶社，明日廬峰去消夏。起句用《北史》皇甫亮語。

曉起偶題

狼籍鉼花一小枚，自收几上著殘棋。夜來黠鼠全無忌，滿腹公然飲研池。

紀秦中救荒事四十韻

江城梅雨天，客子朝睡足。聞人説邸報，撫枕起嚬蹙。維時秦地旱，西鳳歲不熟。豈惟民食艱，蕉萃及草木。此邦昨寇亂，比户經鋒鏃。近傳瘡痍瘢，白骨稍生肉。周宣憫鴻雁，中野當肅肅。天道若好還，殘黎合蒙福。如何魃肆虐，竟學吏行酷。五行徵恒暘，厥咎甚司牧。封疆設大臣，遐逖寄耳目。顛危莫以告，坐聽一路哭。致煩嚴譴加，初意詎所欲。幸賴上仁明，幽微靡不燭。即如前年詔，州縣課積穀。一念既周防，幾先事已伏。荒政古無奇，儲備祇在夙。不然猝遇患，補救終碌碌。常平就近發，旦夕散糜粥。仍慮仰給多，嗷嗷哺莫續。先頒内帑金，繼漕去聲江河粟。輓輸資晉楚，險阻同隴蜀。按程算浮費，率以鍾致斛。一麥庶可望，耕鋤力難勠。飢來不得食，奚取豐年玉。臺省拜封章，大農籌仰屋。西京賈晁策，亟者邊儲蓄。特加卜式漁，所以風僚屬〔一〕。朝廷重名器，好爵肯輕鬻？

緩急偶一行，未云國體黷。盈庭集羣議，去若置郵速。即容入貲補，罪許計鍰贖。明明曠蕩恩，獨使偏隅沐。權宜雖暫假，物力亦已促。河湟要害區，邊地那比腹。疆圉拓無外，萬落悉臣服。必若固本根，尤當酌全局。補牢善其後，轂勝輿脱輹。吾生托餬口，僅免溝壑辱。但願農有秋，歸將叱黄犢。

〔一〕此兩句，經塗改，勉可辨識，原作「此事昔有諸，如今勢應復」。

端陽與灌園老人對飲庾樓下有懷恒齋太守時恒齋奉調赴南昌兼屬訪老友羅飯牛

懶不同行起每遲，半年頻改入山期。風傳爆竹喧江郡，是日江城爆竹聲不絶。鳥去桐花落酒巵。又向他鄉逢此節，未知官事了何時。南州好在高人宅，可少停車乞畫詩。

夏至大風雨灌園先生有詩見貽奉奉答一首

午日已過逢至日，一天風雨滯湓城。不將酩酊酬時序，却喜波瀾接老成。柳色窗陰牀對設，苔花徑滑屐同行。吾衰漸信空門教，欲買江魚去放生。明日爲余生日，本詩及之，故云。

枕上聞雨急起視之乃桐花墜葉上做聲也〔一〕

不道桐花打葉聲，隔窗亂點入三更。老夫怕熱起看雨，放入一牀斜月明。

〔一〕「墜」，《原稿》作「墮」。

柳蔭和灌園

半垂密葉半枯枝，賴是風流性不移。幾樹日斜遮屋處，一窗風到捲簾時。江潭賦罷攀應少，彭澤歸來種未遲。最憶釣船臨水泊，晚凉時節更相宜。

漏下三十刻與灌園月下納凉獨越秀堅卧不起

閱境無寂喧，心閒領微會。江城苦炎地，夜氣亦清快。起穿樹影行，月在竹柏外。空明蕩水藻，未覺庭宇隘。微風入茶鐺，緩火出幽籟。此時兩相對，客况天所丐。如何邀孝先，伎倆偏狡獪。雷聲起鼻息，不怕四鄰怪。應被弟子嘲，便便太無賴。

南湖背阻風明太祖列栅控陳友諒歸路即其地也。

三百年前事，西南一戰收。至今留戍壘，依舊控江流。濁浪高於屋，炎風猛過秋。廬山猶在眼，未忍别江州。時宋中丞牧仲移節江蘇，欲邀余同行，故云。

新　涼

疾風驅火雲，雨氣散諸嶺。西南紫翠間，中有廬山影。空江日將夕，惜此須臾景。日夕可奈何，新涼一船嶺。

江上遇魏昭士自吴中來即送其歸贛

篷倉十日滯江潯，真喜跫然聽足音。蝦菜羡君初返櫂，蓴鱸勸我動歸心。難爲客路三秋别，畢竟交情兩世深。慚愧舊時豪氣在，敢將湖海比山林。

野泊七夕

一派空明影，星河盡倒流。小船乘月坐，老眼望鄉愁。風色迴旗脚，江聲滿柁樓。南飛有烏鵲，爲報楚天秋。

張彦博以小照索題

其　一

君樹前頭細柳風〔一〕，置君合在畫圖中。不須索我新題句，横槊詩成字字工。

〔一〕按，《原稿》不載此首。

其　二

秋風湖海鬢將絲，交臂從前却怪遲。今日披圖成一笑，識君兼識少年時。

署庭前牽牛一本余手栽者自余去彭澤二十日重至湓城花已爛漫矣越秀出對花見憶二絶句見示戲和〔一〕

〔一〕「栽」，《原稿》作「蒔」。

其　一

一天風露洗鉛華，蟋蟀階除豔豔花。爲汝流連豈無意，重來客舍似還家。

其二

竹籬手縛水親澆，及取秋花醒寂寥。添得老夫忙一月，爲他早起又朝朝。

南齋日記

編者按，《南齋日記》中所載之詩，查慎行編集時收入《敬業堂詩集》卷三十一《直廬集》，然有未收入集中者。今據上海圖書館藏查慎行手稿《南齋日記》輯入，計十五題二十三篇。稿本中殘缺字以□標出。

禁中春雪 二月初三應諸王教。

鳳城春事近花朝，五出重門瑞雪飄。住勒杏園將放蕋，拂開柳苑最長條。狻猊香透寒初減，鳷鵲雲低暖自消。安得玉除深一尺，九門歸步踏瓊瑶。

送朝定侯方伯赴任山右四首

其　一

綰綬來三輔，分猷歷五年。續能平水土，名喜籍神仙。帝眷非常士，榮膺不次遷。西巡餘厚澤，此去賴旬宣。

其　二

恢奇傳晉問，儉樸著唐風。俗變褰幃裏，春生化馭中。股肱分陝重，保障出英雄。一和南薰曲，從知長若功。

其　三

鐸車初赴臺，天語密諮諏。岳牧時方重，屏藩望最優。太行成坦道，汾水揚清流。竚見膺旄節，承恩正黑頭。

其　四

憶昨隨鑾出，長陵緩轡行。微名慚我老，古道荷君情。柳晴東門路，雲開上黨城。迢迢千里別，飛夢繞雙旌。

暢春園看早桃〔一〕

〔一〕稿本《南齋日記》載詩八首，此爲第二、五、六、七首，係集中所未收者。

其　二

酬春長在杏花前，宿雨初過分外妍。一幅雲藍誰寫得，萬花頭上是青天。

其　五

韶華芳令好風催，一氣蒸霞十萬裁。不似合江欄畔樹，園官次第報花開。

其　六

三千結子出蓬萊，仙種曾傳核似杯。蜂蝶不來啼鳥静，始知天上勝天臺。

其　七

爛漫何曾雜衆芳，真□雨霞占年光。須知造物無惱意，但是花頭盡出墻。

送陳陟齋都諫請假歸里即次留别原韻二首〔一〕

〔一〕集中所刻，合兩首前後半首作一首。《原稿》亦同。

其　一

袍笏同朝萃一家，歸心偏愛故園花。清時衮職無遺闕，祖帳都門有嘆嗟。鷁首春波河九曲，鳥啼芳草路三三鴉。此時最好江南景，緑樹連村酒幔斜。

其　二

老直承明頗憶家，蹉跎又過一春花。夢隨鄉路難爲别，吟送歸人每自嗟。隔岸黄塵車歷鹿，渡江新月櫓伊鴉。到時親友應〔一〕相問，爲報〔二〕題詩字半斜。

〔一〕「應」，《原稿》與集俱作「如」。
〔二〕「報」，《原稿》與集俱作「道」。

五更出平則門至暢春園天始明

高城傳柝罷，苑路辨微茫。夜雨已成霽，曉風猶作涼。平疇交麥氣，緑樹吐燈光。一日容休沐，誰知野趣長。

送許不器赴任陳留〔一〕

君本名家後，高才久絶塵。如何釣鰲客，忽作折腰人。貶跡聊隨俗，初心豈爲貧？中原無痔瘻，亦足醒安仁。

〔一〕《南齋日記》收詩二首，此爲第二首，亦集中所未收者。

玉蝀橋觀荷花和張衡臣前輩〔一〕

其一

明波如眼媚天光，一鏡争開萬柄香。白髮滿頭人盡笑，赤欄橋畔看題粧。

〔一〕《南齋日記》收詩二首，此爲第一首，後删去。「衡臣」，《原稿》與集作俱「研齋」。

題扇頭畫兔應四皇子

仙族由來託望舒，管城何必羞中書。畫圖便是騶虞囿，豐草成羣樂有餘。

雲間廖年伯母八十壽詩

文從母範開雲楣，八秩欣逢介壽期。桂子香飄鸞鶴雀，桐孫枝拂鳳凰池。天留兩老承恩地，節是中秋醉月時。從此遐齡豈□算，年年長進九光巵。

寄壽楊紫儀七十

雁行魚對數朋游，聞説楊幡已白頭。甕拆酒香浮緑蟻，杖扶人健刻丹鳩。煙霞勝踐懷龍井，花月佳招醉虎丘。楊，錢塘人〔一〕，今居吴門。曾是東山門下客。謂家伊璜伯。老仙閱世自風流。

〔一〕「錢塘」，《原稿》作「杭」。

次扶九積雨韻〔一〕

低處家家没半扉，濃雲未肯解重圍。雷聲屢震威何褻，潭水凌空勢倒飛〔二〕。亂草當階羣蛤吠，小船横渡一人歸。眼前大有江湖興，漸及蓴鱸稻蟹肥〔三〕。

〔一〕按，《原稿》題作「積雨次扶九韻」。
〔二〕「倒」，《原稿》作「欲」。
〔三〕「漸及」，《原稿》作「只欠」。

京口蔡卓庵將軍以小照索題

其一

百尺長松十畝蔭，未應山水少清音〔一〕。如何一片孫郎石，獨讓將軍抱膝吟。

〔一〕「未應」，《原稿》作「要令」。「少」，《原稿》作「發」。

其二

科頭緩服自雄姿，聞説今來鬢有絲〔二〕。畫閣麒麟鶯眼見，識君兼識少年時。

〔二〕「聞」，《原稿》作「見」。

送静安叔南歸〔一〕

蓴鱸鄉夢久勞勞，何日歸期指大刀。惆悵黄花喜序酒，送君時節近登高。

〔一〕《南齋日記》收詩四首，此爲第四首，亦集中所未收者。又，集題作「送靖安叔歸硤石三首」。

重九日水閣小集分賦

澄波如練寫晴光，地迴樓孤早得涼。雅會不知誰是主，浮生端合醉爲鄉。煙霞滿眼皆秋意，今古回頭幾夕陽。却憶萬峰啣積雪，去年隨輦踏圍場。

恭和御製乏良醫

好生天地德，舉念感皇慈。已致民多壽，還憂國少醫。神農今再見，歧伯更誰師？无妄初無疾，仍將勿藥治。

敬業堂詩集輯補卷四

敬業堂詩原稿一

編者按，《敬業堂詩原稿》爲拜經樓吴騫所藏，後歸於合衆圖書館，現藏於上海圖書館。卷首有吴騫所作總目，總目中載各册内容及時人圈閲評點情況，總目後附吴騫跋及吴騫鈔録之方苞《翰林院編修查君墓誌銘》，今並録於此。

又按，這裏輯補之詩爲《側翅集》、《慎旃初集》、《慎旃二集》中所闕載者，共計四百四十首，釐爲四卷，列爲《輯補》卷四至卷七。

敬業堂詩原稿總目

第一册　慎旃上中　手閲。俱係墨筆。

第二册　慎旃下　遄歸　西江　手閲。

第三册　踰淮　假館上下　人海内《踰淮集》手閲至《送六皆歸杭》七律二首止，《人海集》惟《秋闈報罷》四首手閲。餘無圈點。此册頁面夾卷内。

第四册　春帆　獨吟　竿木　唐實君朱筆評點。今俱用墨筆。

第五册　題壁　橘社　陳叔毅墨筆評點。食橘二首止。　勸酬鞭筍一首落葉詩五首後落葉詩三首手閲。

第六册　溢城　雲霧窟　客船　唐實君朱筆評點，又標墨筆韜荒。

按，《溢城集》係壬申年，爾時韜荒已殁，渡蕪湖關詩注稱先兄韜荒可證，同王令詒泛甘棠湖詩評語有「先生晚年」云云，其非韜荒無疑。頁面所標可發一笑。然評點删節頗中肯綮，照元稿仿録，以緑筆别之。

第七册　並轡　冗寄　白蘋　姜西溟朱筆評點。

第八册　秋鳴　敝裘　酒人　横浦朱筆評點。内料絲燈至研溪傳札共十九首用墨筆，疑出一手。

第九册　游梁　皖上　中江　得樹樓　唐實君朱筆評點。

第十册　近游　賓雲　炎天冰雪　垂橐　杖家　過夏　唐東江朱筆評點即唐實君。

第十一册　偷存　繙經　赴召　隨輦　無圈點。

第十二册　直廬　考牧　甘雨　西阡　朱竹垞朱筆圈點。

第十三册　迎鑾　還朝　道院　揆愷功朱筆圈點。
第十四册　槐簃上下　以下六册無圈點。
第十五册　棗東　長告
第十六册　待放
第十七册　計日　齒會手抄。
第十八册　步陳　吾過手抄。　夏課手抄。　内棄裘、長至二首手閲。
第十九册　望歲　粤游上下　手書頁面「以上刻過。」
第二十册　漫與上無圈點。　漫與下手閲。
第二十一册　餘生上手閲以上二册或手抄或另出他手。
第二十二册　詣獄　生還　住劫手抄　無圈點頁面「他手標題。」

詩　餘

第二册　望江南三首　瀟瀟雨　四字令　綺羅香
第三册　臺城路　木蘭花慢　齊天樂　一萼紅
第四册　酹江月　解佩令　浣溪沙　百字令　唐實君閲。
第八册　太平時　百字令　邁陂塘二首　横浦閲。

第十一册　太平時
第十四册　百字令　金縷曲
第十五册　長亭怨　賀新凉
第十六册　好事近
第十七册　水龍吟　沁園春手書重出。
第十八册　點絳唇
第二十册　沁園春三首　以下頁面不標。
第二十一册　鵲橋仙四首

跋

吴騫

每册所附詩餘若干首，俱手書頁面格上。或標詩餘，或標另存稿。手閲居多，唯唐實君、横浦評點標明於下。

詩餘所録無幾，緣另有稿本失去，故耳。

乾隆癸卯，海鹽張芷齋先生刻《初白庵詩評》既成，因借吾所藏《敬業堂詩稿》閲之，隨有記録，未及返余而芷齋下世。乙巳春，嗣君選巖始以《詩稿》付還，芷齋校閲時筆記尚存，恨余不能親聆其評論，爲憮然者久之。爰命長兒壽照手録一通，附稿内。其先生原筆則仍以歸之選巖云。

乙巳二月九日吴騫記。

翰林院編修查君墓誌銘

方苞

君諱嗣瑮，字夏重，後更名慎行，浙江海寧人也。余始入京師，查氏負才名者數人，而君尤獲重語。朋齒中以詩名者，皆若爲君屈焉。君少聞吾邑錢先生飲光深於詩，即泝江，繫舟樅陽，造田間講問，逾時而歸。錢先生爲余道之。及與交久長，見其於時賢中微若自矜異，然猶以詩人目之。及余脱刑部籍，聖祖仁皇帝召入南書房。中貴人氣燄赫然者朝夕至，必命事專及余，乃敢應唯敬對，外此不交一言。又夙畏風欬，常着緇布小冠，諸内侍多竊笑，或曰：「往時查翰林慎行質頗類此，而冠飾亦同。嘻！異哉！」余用是益有意於君之爲人，而君尋告歸。及篤老，以其弟嗣庭得罪，牽連被逮。同産弟姪並謫戍，而君獨見原。蓋先帝公聽並觀，君恬淡寡營，久信於士大夫，故在事者閔焉而以情達也。君既殁，其子克念以狀請銘有年矣。乾隆元年十月二日，余卧病直廬，或告曰：「君之彌甥沈庶常廷芳屬爲通言，速君銘。」且告克念之喪。是夜，夢與君問勞如平生。晨起，命家人檢故狀不得，乃就所獨知於君者以誌焉。覽者即是以求之，其所狀事跡不具可也。其詩已行於世者，凡四千六百餘篇，各以時地次爲五十四集。君卒於雍正五年，年七十有八。父諱遺，字逸遠，爲浙西耆舊。母鍾氏。兄弟四人，三成進士。娶陸氏。子三人：克建，丁丑進士，鳳翔知府；克承，國子生，俱先君卒；克念，甲辰舉人。以某年月日葬於某鄉某原。銘曰：

所嚮所祈，詎止於斯。而終已無施，惟以弸於詩。

慎旃集上

余年三十，足跡未出三百里外。己未夏四月，余居先君子憂服，甫小祥，家貧無饘粥之資，適同邑大中丞楊公以副憲出撫黔陽，召余入幕。依依諸弟，臨別牽衣。同學數人，欲留而不果，知余行之，非得已也。夫黔陽，天下之荒徼也。自揚子泝江，過洞庭，盡五溪之險，然後捨舟遵陸，連山際天無極，羊腸鳥道，下上於懸崖峻阪間。其時西南餘寇未殄，烽煙警急，傳聞不一，愕眙駭悸，洵極行路之嶮巇矣。凡冒險遠來者，非仕宦則商賈，然且視同遷謫，指爲畏塗。顧余何人，乃亦至此？其在《陟岵》之章曰：「尚慎旃哉！由來無棄。」夫當行役之時，不忘父母兄弟，而終以危苦之辭，君子讀其詩而傷其志焉。余不幸早失怙恃，終遠兄弟，麻衣如雪，瞻望漣洏，因取「慎旃」以命集，自勵也，亦以慰余季也〔一〕。

〔一〕此小序刊集時作較大修改，集作「己未夏，同邑楊以齋先生以副憲出撫黔陽，招余入幕。時西南餘寇未殄，警急烽煙，傳聞不一，而余忽爲萬里之行。其在《陟岵》之詩曰：『□尚慎旃哉！由來無棄。』夫當行役之時，不忘父母兄弟，而終以危苦之辭，讀其詩者，傷其志焉。余不幸早失怙恃，終遠兄弟，麻衣被體，瞻望漣洏，因取「慎旃」以命集，自勵也，亦以慰予季也。自己未迄壬戌，首尾三年，凡如干首，釐爲三卷」。

初至玉沙得家書〔一〕

〔一〕《原稿》二首，集中删去第二首，題删去「至玉沙」三字。

其　二

欲報長篇意每遲，一函空達竟何爲。閨中應怪鄉音斷，正是天涯悵望時。

送揚語可自荆州東歸二首〔一〕

〔一〕集中删去第一首，題作「荆州與楊語可別」。

其　一

楓葉蘆花白間紅，故國遥指楚江東。到家梅信遲南雪，一路歸颿怕北風。揮袂景偏愁歲晏，望鄉情祇願年豐。自從騎馬河陽幕，種樹書成媿石洪。

慎旃集中

朗州絶句六首〔一〕

〔一〕按，《原稿》六首，集删去第二、第五首，題作改「六」作「四」。

其　二

三閭遺像對江潯，草色波紋緑暗侵。亦有行人來繫馬，古祠無壁柳陰陰。

其　五

冷猿啼苦雨連朝，岸曲人歸水半腰。行過江頭知更苦，春泥活活馬蕭蕭。

發銅仁至齊天江口舟中書所見兼志感懷時思南失守〔一〕

〔一〕按，「兼志感懷」四字被抹去，題後小注亦抹去。

其一

不算長程寄興慵，山川回首一重重。夏雲過雨峰仍起，水碓無人晚自舂。僻地再經成熟路，危時難定是游蹤。草堂好在先疇畔，一夕歸心百箭攻。

其二

還往扁舟又一巡，下灘水急石粼粼。巖頭鳥宿鷄同樹，船尾魚跳獺就人。土人皆畜獺捕魚，馴擾如鸕鷀。久客蠻方情亦戀，偶逢豐歲俗猶貧。山田早禾，六月已收。甲兵未洗征輸盡，道左時時見脱巾。

慎旃集下

元宵後一日大雪與彭南陔王兔庵限韻

無月無燈倍作寒，新泥何處試蹩躃，坐移玄圃開銀海，凍裂春冰瀉玉柈。萬□傴真殘瘴洗，一梢入畫早梅攢。筆尖退後吟難就，只鬭拈須一字安。

彭南陔折紅梅一枝手插寓庭花隨盛放邀余同賦

攀折誰能禁，栽培奪化工。暫時滋土力，隨意領春風。已與故枝別，尚看顏色同。隴頭多驛使，妙手却輸翁。

黔陽得德尹消息〔一〕

〔一〕按，此題二首，集中删去第一首，題作「得家信」。

其一

昨赴荆州幕，南游又隔年。自憐吾到此，不願汝皆然。生事經三十，歸程望六千。向來離別意，愁醒瘴花前。

耑木南宫下第枉詩見示和答一章兼寄仇滄柱徐子大祝豹臣王子穎

天南書到一躊躇，同學行藏感不殊。按劍客從投筆罷，畫眉人問入時無。神仙有數才應惜，仕宦無媒徑最紆。此日酒人皆國士，莫於燕市作狂呼。

食蒿集起壬戌九月盡癸亥九月

戊午春奉先君子諱，余兄弟居蓬依白，意不自聊，始汗漫作依人之計。臨行與仲弟德尹約：「余出子當家居，旅橐所入，願以分餉，不忍獨私妻孥。必不耐家食者，竢余歸，弟出可也。」相與丁寧而別。洎余留黔幕三年，德尹綜理兩家瑣屑，支門户，辦婚嫁，久而厭苦之，遂以壬戌正月襆被北游。余在貴陽，聞信，急裝東返，則德尹方自都走黔，已而，復自黔入粤。余與季弟潤木局促里居，計周一歲，不及待仲歸，又將驢游，丐於親舊矣。昔杜牧之與其弟顗食野蒿藿，寒無夜燭，默所記者，凡三週歲。今讀其求湖州諸啓，仁義之言，藹如也。余碌碌風塵，不能如古人力學安貧，久困不出，然□食蒿情事，頗有相似者。適有南昌之行，檢家居所作，始壬戌九月，終癸亥九月，得詩四十首，名之曰「食蒿集」〔一〕。

〔一〕按，此段序文删改頗多，「之遂以」改「德尹以」，「則德尹方自都走黔，已而，復自黔入粤。余與季弟」改「與」，「聞信」改「聞之」，「計周一歲」改「甫周一歲」，「驢游」改「出而」，「昔」改「偶憶」，「寒無夜燭，默所記者，凡三週歲。今讀其求湖州諸啓，仁義之言，藹如也」改「顗食蒿藿事」，「余」改「自惟」，「然□食蒿」改「而兄弟間」。最終，《食蒿集》併入卷四《滇歸集》，卷名

「食蒿集」及此段序文均刪去。

哭王桐村時余初自黔歸〔一〕

〔一〕按，「桐村」圈去，改「右朝」。集題作「哭王右朝四首」，原作共六首，集中刪去第二、第五首。

其　二

封胡曷末慚諸謝，天壤王郎故絕倫。破鏡忽分中夜影，遺孤只累未亡人。寒侵素幔殘秋雨，花暗朱絲舊榻塵。慰爾九原差不憾，素心中自有朱陳。

其　五

久因我病君憐我，豈意君亡我哭君。昔別亂前歸亂後，人今如夢事如雲。力持古道期難再，交到名場局易分。却是草堂靈好在，北山猿鶴少移文。

除夕與潤木分韻兼懷德尹楚南〔一〕

〔一〕按，集中闕第三首，題作「除夕與潤木分韻二首」。

其　三

牛租減額鼠蔬慳，兩郡凋疎接壤間。樂歲偶逢人尚困，他鄉縱好客應還。短檠墻角原初約，長鋏人門亦强顔。稍喜來年秋帶閏，種花風日有餘閒。

初見

注黛排螺點翠奩，隔船人去夢鶼鶼。緑楊近水門長閉，多事春風忽捲簾。

贈魏禹平次黄二晦先生原韻

一門兄弟人中彦，謂交讓州來。樂極此來俱識面。大賢之後有家風，肯學韋脂逐時變。君才況乃我所畏，往往佳章賞題扇。斑斕古錦重什襲，時世新粧短裙茜。眼中大雅今絶希，此事東南誰獨擅。曾經提筆走幽薊，萬蟻縱横酣決戰。屠龍手在技未售，詩社歸來位應禪。幾年夢想一夕傾，氣誼要自文章見。名園篝燈話連榻，曉枕愛聽鶯雛囀。有時標榜出清流，家客恥被交章薦。如余蹤跡仍無定，南北春秋同雁燕。每逢知己私自憐，纔走風塵便輕炫。九州聚鐵鑄一字，未抵精金須百煉。斡旋又恐天有意，鼓以洪鑪巨靈煽。君其自愛請鑒余，庶採狂言當鄙諺。

效元微之雜憶詩體

其　一

無端去後又徘徊，爲看梳頭特地來。憶得鏡奩猶未掩，一泓春水照花開。

其　二

丹鉛初洗怯相逢，入月翻嫌驗守宫。憶得羅裙羞解帶，下裳偷樣一般紅。

其　三

帳紋如水潑燈光，七尺龍鬚軟襯牀。憶得紅縢垂四角，隔紗風透麝香香。

其　四

石榴花候好催開，有約姑蘇載酒回。憶得贈行剛一語，何人無事肯重來。

其　五

滿湖燈火夜歸遲，不信重來果有期。億得入門微帶酒，泥人佯道不多時。

其　六

合歡雙枕繡重裀，多事春烏報此晨。憶得緑窗花影秀，日高還有墮釵人。

其　七

木香亭子映流蘇，貼髩簪花揀欲無。憶得隔宵同看畫，春風生色曉粧圖。

其　八

朱藤顔色繡毬紗，吴下名機出計家。憶得春衫裁一半，最團圓處惜分花。

其　九

垂虹橋下聽簫吹，好事誰傳白石詞。憶得煙波同泛艇，五湖無分比鴟夷。

送張球仲之烏程學博任

其　一

一帆南北到兼程，湖雨湖煙次第生。書畫風清調曲坐。用歐陽集中楊直講事。門墻日暖看花行。白蘋舊詠汀洲好，碧筩新香下若傾。斟酌餘情無俗事，更煩選樹聽流鶯。

其二

乍來風物好山川，笤霅渾疑別有天。桑苧村深蠶罷浴，竹枝弓健鴨驚眠。堂開剩水殘山外，興到浮家泛宅邊。却笑乞州詞太苦，牧之垂老望猶懸。

典裘歌爲余大中丞賦和藥亭

吴都一賦天下誇，百城餘習傳侈奢。雲連甲第十萬家，外曳匹練中叢花。市聲曉夜無停蛙，紅紛緑駭炫蘤葩。嬌童長袖髻兩丫，艷歌新調搊琵琶。紅筵未散月吐霞。酒闌劍客俄呈鴟，庖厨性命輕魚蝦。山海珍錯來方遐，淋漓近前飽且哇，快意勿復相疵瑕。春陰門前油壁車，青樓愛被垂楊遮。粧成一笑臨狹邪，鳴機光燄開文紗。碧窗燈火刀尺加，約綽被體風吹斜。明珠翠羽無等差，男游女冶捹生涯。此風此土千年賒，物力已竭仍紛拏。中丞下車頻咨嗟，欲使里俗還桑麻。斥浮去僞梳復爬，静以鎮物坐放衙。朝廷政化如元嘉，遏抑寇亂摧蘗芽。凱旋十萬王爪牙，江河啣尾催艑艖。篙工憔悴同棲苴，對之心惻未忍撾。乞哀摇尾聲哇哇，羞澀自怪囊無他。江都士女富笄珈，使君典裘客所呀。百金須臾散摶沙，市人愕眙舟人譁。書生紀事言非夸，吴兒爾勿矜豪華。

題畫扇

草淺陂平路向斜，隔林依約有人家。牧童自愛休陰坐，牛背斜陽立晚鴉。

小像

紅欄干護碧紗窗，壁帶新泥粉砑光。值得中間懸小像，鵲爐鬆几對熏香。

偶題吴山僧舍

其一

去年此際炎方路，正是山程馬汗時。直道故鄉隨地好，林巒光景况清奇。

其二

尋常作客夢西湖，歸到扁舟記得無。重上吴山高頂望，依然佳處愛糢糊。

留别汪寓昭

其一

江湖隻影悔年年，故國班荆洵有緣。乍展畫圖來几案，别開欄檻自林泉。孤燈聽雨深相許，兩手翻雲薄可憐。稍喜淡交君輩在，家家一榻爲余懸。時陳叔毅、嚴定隅招飲，俱以急歸不及赴。

其二

滿眼都輸祖逖鞭，草堂歸卧恐難堅。秪慚蟬鬢隨時薄，肯並峨眉妬月圓。佳句到君揮麈外，秋風遲我掛帆前。一尊忍促河渠别，欲問邊鴻悵隔年。

沈昭子太史招飲席上賦贈〔一〕

〔一〕按，「太史」二字圈去，改爲「先生」。

其一

偶從休沐解緋魚，便覺林泉興有餘。花底杯槃風到座，柳邊亭閣水通渠。恬侯恭謹傳家法，司馬文章入《漢書》。正喜隨身攜史局，洛濱無礙是閒居。

其二

琬琰叢殘劫火消，中原耆舊漸蕭寥。二丁佳傳論千斛，三館藏書諱四朝。私儗銀鏻誰得謗，却援金鏡此何條。長編也是名山業，白首青燈細細挑。

其三

浦陽人物濂溪記，前輩深心世共傳。正使搜羅窮域内，可容聞見闕鄉賢？紛紛事指滄桑録，一一名垂甲乙編。勿鄙後生嗤且食，與公抵掌話尊前。

七夕前二日園桂初發招同王子穎周柯雲家開寅叔韜荒兄小集時子穎欲去復留吴南村有約不至故五六云然

林中重結看花緣，客裏逢秋憶隔年。尊酒田園人趁燕，夕陽籬落樹分蟬。王猷且住能乘興，吴質如來定不眠。「吴質不眠倚桂樹」，戲用昌谷詩中語。後夜星河催別後，誤他涼月幾番圓〔一一〕。

〔一〕按，「饑」字疑爲「幾」之誤。

去夏余自黔東下與德尹相左於辰沅道中今德尹嶺外將歸余又有西江之役數詩留寄兼示潤木〔一〕

〔一〕按，《原稿》此題共三首，集删去第二首，集題「數」作「二」，删去「兼示潤木」四字。

其　二

五架三間幸未傾，寄書往往説南榮。舊巢欲補鳩偏拙，老樹能高蠹恐生。却對簷牙頻徙倚，欲安齋笏費經營。自憐資歎猶煩乞，忍聽兒曹夜讀聲。

留别朱日觀祝豹臣朱與三陳寄齋王南屏家西峰叔韜荒兄眉山姪〔一〕

〔一〕按，《原稿》共四首，集删去第一、第四首，題後有「二首」二字。

其　一

楓滿紅亭記卸帆，蘆綿初白又征衫。驅馳絶徼蹄應倦，飲啄依人羽亦凡。梧徑疏煙違短策，藥園斜日卧長鑱。黄塵不隔江南岸，戀殺家山濕翠銜。

其　四

囊琴匣劍兩無端，卧穩林廬事果難。好友離筵開酒戒，余止酒半月餘矣，日觀强余復飲。勞人生計誤漁竿。盤添蓴味三秋好，雪冒葑田九月寒。向後也應煩屈指，計程何日過餘干。

與撝謙别後再寄短歌並簡日觀昭平子棨廣陵與三豹臣子大子穎家叔西嵋兄韜荒姪眉山

南方穴蟻緣枯枏，觸蠻兩角戰頗酣。横秦從楚志并兼，沸羹中著針口噞。乘墉伏莽一一占，陸渾烈焰初就熸。祖龍一煽勢復炎，前禽屢用偏師覘。紛紛露布煩典籤，刻畫刺骨鋒鋩銛。窮龐斬樹渠魁殲，誰歟反旗受韜鈐。舟車絡繹聯帷幨，庖厨飛走窮炰燖。槃珠敦玉味作甘，不似寒陋空虀鹽。黄茅白葦蒼蒼蒹，夤緣最怕夕露沾。余時離羣出游黔，私爲烹魚愁釜鬵。孤吟往往退筆尖，招尤正坐口未拑。歸來痛受良友砭，狂瀾既倒波始恬。婦姑勃谿素比縑，昔何泛愛今何廉。子不我棄袪共摻，丈夫開懷兩不厭。白日朗朗鏡在奩，五年暌違六日詹。節佳夜良氣色添，暮雲壓雨飄䨨䨮。須臾散作魚鱗纖，銀河東傾水潑簾，金丸一躍出老蟾。座中數子意各忺，同調愈少論愈嚴。朱錢風流人所瞻，徐子通介祝瑾謙。儒雅三陳冠里閻，阮家大小吾宗慚。眼前恨事惟王髯，有約不赴如黐黏。厥辜未蔽城旦箝，坐罰鬼瘧朝朝店。時子潁病瘧不至，故戲及之。吾曹習氣久尚淹，各要砥礪相摩漸。別來耿耿依頹檐，舊題屬和誰分拈。鷄豚近社酒識簾，今我欲出羞陶潛。故人相從倘勿嫌，黄花九日南山南。

有感戲寄韜荒兄二首〔一〕

〔一〕按，題原作「有感寄韜兄」，後改今題。集中删去第一首，題中删「二首」二字。

其一

拙句從教拙自嗤，紛紛指摘任纖兒。指一邑子。浮名何取交誼絶，同調無多論始卑。吾不如人還自笑，彼非知己莫相疑。秖應燭淚成堆處，紅粉能憐魏野詩。連夕小讌，俱有圓孃在座。

賦得圓字戲示豹臣

其一

黄金百煉繞彄環，指頂螺紋細作圈。剛道蟠龍新樣好，十分把盞到君前。

其　二

荷錢生小伴鴛鴦，團扇承來雨滴香。夜夜露盤傾不得，定風珠在葉中央。

其　三

淚光成串出蛟宮，别有歌珠擲向風。等是相憐争解妬，爲他掌上勝懷中。德尹《雜憶》詩，爲豹臣作也，中有「淚光珠一串」之句。

其　四

徐陵小序亦因緣，未抵新詩賦阿圓。三五小星三五夜，鏡臺依樣月分妍。

余賦阿圓詩乃隱約其辭日觀則直指其事豹臣以和章見示若欲付之不論不議者意實有專屬也戲效義山體再次日觀韻作一首

錦瑟瑶琴世並傳，十三星配廿三絃。情含豆蔻泥封信，艷入芙蓉粉研箋。識面尹邢終不妬，掃眉秦虢問誰先？散花一室留曾住，結習何妨泥醺舡。

西江集

黄晦木先生從魏青城憲副乞買山資將卜居河渚有詩十五章志喜邀余同作欣然次韻亦如先生之數〔一〕

〔一〕按，《原稿》共十五首，集删去第二、第五、第六、第八、第十二首，題中「十五」作「十」。

其　二

太僕祠堂幾變更，亂餘人諒重遷情。裝分圖籍浮家便，業減耕桑去國輕。鑿井穿池諸子健，栽梅補竹十年成。偶從藥市評時價，誰識韓康不好名。

其　五

麥舟指困世空傳，此事今亡古偶然。交道極知投有分，生涯方悔業頻遷。賣書自了尋常債，集古争如六一賢。弗與居奇同好尚，名香老硯自年年。

其　六

紛紛負板笑微蟲，去住何當戀轉蓬。小雨和煙長作霧，斷雲如葉也隨風。滄桑話在尋開士，得失心安任塞翁。頗怪終南成捷徑，採芝欲去許誰同。

其　八

即鹿林中勢盡殲，六橋花柳亦髡鉗。星移想象年頻換，計定經營意稍恬。折足欲還丹鼎重，驚絃初避箭鋒銛。分明六十餘年夢，土銼煙生突始黔。

其十二

桂蠹桑鷄佐食蕈，老來骨節漸珊珊。刀圭有效人争乞，八口無飢事最難。不信神仙猶屈曲，敢言霜雪是摧殘。東陵派色南山豆，問訊前期底樣寬。

曉發錢塘江

冬晴氣暖雲出山，吴嬌越艷堆煙鬟。清江濯鏡月半破，樹影時露蒼茫間。扁舟晚渡心眼豁，鞍馬未抵帆檣間。一身獨往輕萬里，直泝五溪窮百蠻。洞庭粘天浪山立，險脱魚腹驚生還。半年山林卧稍穩，冰雪一洗清塵顔。農舩刺港櫓鴉軋，我知此樂天仍慳。勞人生計墮淼漭，要與雁鶩争狂瀾。輕裝此游客何爲？舟子致問欲答難。潮神廟前鐘鼓急，但催掛席辭江關。

飲秦望兄饒陽旅館即送兄往虔州

旅況經年問，燈花近酒開。已知貧益甚，翻愛客頻來。薄宦干戈罷，勞生歲月催。嶺雲他夜夢，愁繞鬱孤臺。

昌江竹枝詞九首〔一〕

〔一〕按，《原稿》九首，集删去第六首，題改「九」爲「八」。

其　六

一春每多逆浪風，船上看山又不同。畫眉啼入遠山緑，杜鵑叫得近山紅。

踰淮集

白溝河口占

南北何曾限白溝，却緣往事易添愁。石郎才氣真無敵，只割燕雲十六州。

即目

莊家少女髮如油，如此風沙不裹頭。也道插花秋意好，曉風籬落摘牽牛。

早晴從香山至洪光寺

放眼皇州底樣寬，振衣忽漫入高寒。天垂平野三千界，徑轉長松十八盤。縹緲樓臺移海外，微茫圖畫傓雲端。只慚濟勝全無具，欲去先愁再上難。

與顧培園編修二首〔一〕

〔一〕按，《原稿》二首，集删去第一首，題改爲「過顧培園編修新寓」。

其一

十年花事閲西清，疎簟看棋局屢更。寵辱何曾争捷徑，往來原自愛諸生。典衣沽酒因成醉，爲樹移居亦有情。莞秸尋常無剥啄，退朝仍聽讀書聲。

燕臺雜興次學正劉先生原韻〔一〕

〔一〕按，《原稿》十一首，集删去第三首，題改「先生」爲「雨峰」，加「十首」二字。

其　三

章武長編事不磨，傷心涿郡接銅駝。英雄淚盡鵑啼血，戰伐塵清月洗波。綿竹三分真局促，樓桑一樹尚婆娑。君臣那得無遺恨，從此中原割據多。

假館集上

鳳城新年詞〔一〕

〔一〕按，《原稿》九首，集删去第九首，題曰「鳳城新年詞八首」。

其　九

空鐘纔放兩三聲，鞭得陀羅不少停。拚却萬條繩子斷，御溝楊柳一時青。

疊韻酬别元龍〔一〕

〔一〕按，《原稿》四首，集删去第二首，題改爲「疊舊韻送研溪南歸三首」。

其二

彈箏彈鋏傍人門，知己天涯幸見存。未到别君腸已斷，夢中橫篴落梅村。

王黄湄給諫屬題紅袖烏絲圖〔一〕

〔一〕按，《原稿》三首，集删去第一首，題後加「二首」二字。

其一

君家玉女峰頭住，新自羅浮嶺畔來。合有畫圖爲寫似，袖中新樣小蓬萊。

假館集下

從朱恒齋郎中家擕得杏花一枝歸插膽瓶燈下戲占二絶

其一

分將穠艷到燈前，小閣無風態自妍。大似故園寒食夜，粉墻紅影過鞦韆。

其二

剪燭誰賡絶妙辭，自裁横幅畫烏絲。曲江狼籍春誰顧，不及横窗對一枝。

曲阜顔母朱太夫人壽讌詩修來吏部屬賦六首〔一〕

〔一〕按，《原稿》六首，集删去第五、第六首，題改「六」作「四」。

其五

阿鬟王母事分明，並指雲軿駕六萌。娣姪紛紛齊庶士，門墻一一魯諸生。路迴蓬島家疑近，天傍扶桑日每晴。若向鷄鳴瞻紫氣，依然孤月配長庚。

其六

黄竹歌傳拍板瑶，仙源名籍總雲霄。秖應古檜差相似，始信長松竟不凋。膝下花開欣命酒，臺邊月滿憶吹簫。麻姑勝事人争説，滄海揚塵閲兩朝。

與歌者蘭郎

紅裙一醉已多時，不及櫻桃别有姿。試把添蘇比張八，是誰消得魏三詩。

吴門徐彦通來都得惠元龍近問叠紅豆册子舊韻答之〔一〕

〔一〕按，《原稿》四首，集删去第二首，題中「元龍」作「研溪」，删去「子」字，題後加「三首」三字。

其　二

柳條折盡國東門，同調寥寥感僅存。添個酒徒差不惡，蓴鱸稻蟹話江村。

人海集

徐電發檢討屬題楓江漁父圖

沙草凉生鷺頂絲，扁舟□櫂有餘思。憑君更寫春江緑，刀鱭河豚又一時。

花朝前二日同許時庵再往通州小憩雙林寺晚宿少司馬楊公舟次疊用村字韻

短策東來指舊屯，柳邊沙外别成村。煙迷禪榻聞僧語，水瀉長溝出凍痕。新句忽從游興觸，塵顔聊藉故人温。潞河滿眼春帆色，真羨輕裝去國門。司馬公以次日發舟。

書張損持眉黄集後

一盞昏燈照舉杯，長編擊節爲君開。風檣陣馬奔騰去，落月微波瀲灧迴。小謝城荒人憶別，故王臺廢孰憐才。分明我亦曾經處，如此關山悵獨來。

相國明公新築别業於海淀傍既度地矣邀余同游詩以紀之

其　二

東閣攜賓到，西園秉燭迴。畫圖移結構，雨露應栽培。賞覺回回别，閒須日日來。從來論相業，原不廢亭臺。

木本金銀藤

嗟此木柔蔓，何年别露籬。托名嫌太俗，鬥色漫多姿。黄白俄能變，根株老尚移。故園風日好，頻負曬花時。

送陸澹成修撰典試江西

巍科頭地冠羣英〔一〕，臚唱曾聽第一聲。及見馬羣空薊野，那無劍氣辨豐城。歐曾以後才難盡，陳艾前頭命敢爭。多少羇人無藉在，欲書驢券動歸情。

〔一〕按，此句原作「三年前是一書生」，後改今句。

春帆集（集之卷九）

張灣舟夜寄德尹都下

其二

桅竿倒影一燈明，此夕無眠到五更。忽報白河春漲起，也如泗岸聽鈴聲。

朝來風止舟行順流而下

枕底波聲静不喧，蓬窗漏日覺微温。沙平過雨留人跡，樹老沿塘記繂痕。黄犢乳肥春草岸，青旗風展杏花村。向來有意翻成礙，水宿從茲任曉昏。

攀罾口

孤山西下灣還走，就岸排樁冰割手。欲買河魚配酒嘗，釣船閒泊攀罾口。

河西務阻風

又算篙工一站程，順流難與逆風争。狂埃頓改青春色，急響如聞下牐聲。獨木岸頭終日住，别家船上掛帆行。殘霞忽抹天西斷，賣酒樓臺晚放晴。

馬蹄灣即事

土炕煤爐俗漸移，家家伐葦作薪炊。歸人正觸田園景，蠶豆花香識舀時。

清明雨霽陪少司馬楊公静海郊南踏青得痕字

指點當城跡尚存，九河故道一支渾。緑陂嫩草葱葱意，宿雨新煙淡淡痕。酒肆自誇旗上字，紙錢多掛柳邊村。羡他兒女青紅隊，麥飯家家拜墓門。

滄州

建牙吹角擁旌麾，横海雄藩又一時。今日酒旗風綽影，滿灘鷗鷺薩摩陂。按，《北河紀》：「薩摩陂在州北，有蒲魚之利。」

即目

畫簾小桁壓窗紗，屋角棠梨影被遮。最愛一梢春未透，午陰輕罩半開花。

去東光縣十里地名油房口霍尚書廢園在焉

異代尚書圃，荒荒傍水隈。數株楊柳下，兩樹杏花開。野燕移巢去，鄰翁導客來。弓高廢城在，一例委蒿萊。

柁樓

賭子猜雙陸，彈箏數十三。芳年雖約略，情態最嬌憨。圓玉槎依釦，垂鬟掠上簪。柁樓貪早起，春色鏡中撢。

安陵阻風晝夢還家

賈島村邊駐短蓬，算程今日達山東。夢魂不信輕如蝶，能駕驚濤更逆風。

榖雨前一日武城道中

過雨喚郎皋，春雲岸岸高。萍生三月浪，煙放一村桃。壚酒紅裙賣，畦蔬白髮挑。故山行計日，早茗壓松醪。

戴家牐來青寺

蟄龍伏處起雷霆，古廟門前水氣腥。輸與閒僧度閒日，悠揚只作遠灘聽。

與顧約庵〔一〕

不待三年報，初來政已成。琴邊無案積，閣外有花迎。夜樣村村静，春農户户耕。他時循吏傳，可少顧聊城？

〔一〕按，題後原有「明府」二字，後删去。

夜發阿城

河聲喧暴漲，客纜解東阿。半榻倚殘醉，一川聞棹歌。鷄號更漏急，月側曉星多。不記城南路，濛濛樹影過。

將至寶應先寄喬無功孝廉

一雁秋風别帝畿，隔年情事兩依依。人今盡作高飛去，爾亦仍如下第歸。蟬鬢舊粧經眼换，峨眉新様入時非。只應相約江南北，並占魚莊及蟹碕。

露筋祠舊名鹿筋梁相傳有鹿至此一夕爲白鳥所嘬至曉見筋故名事載段成式酉陽雜俎及江德藻聘北道記不知何時訛爲女郎祠也

古驛碑殘幼婦辭，飛蚊争聚水邊祠。人間多少訛傳事，河伯年年娶拾遺。

敬業堂詩集輯補卷五

敬業堂詩原稿二

獨吟集

甲子夏，余來京師，明年五月，外舅陸射山先生亦至。先生有詩必屬余繼和，余有作，亦得就正於先生。戊辰正月，先生忽抱危疾，余扶侍南歸。舟中多暇，以詩遣日。時先生心力慚衰，執筆手顫不能下，睹余作，未嘗不色喜，間有所得，猶口授余，命書之。到家後，筆墨遂廢。今年二月，病竟不起。余既視含斂，拜辭靈几之前，匆匆北上。玉溪詩云：「行矣關山方獨吟。」循省舊游，不知涕淚之横集也〔一〕。

〔一〕按，此小序刊集時經删汰而文迥異，集序作「去夏到家，外舅陸先生風攣漸減，猶冀稍延歲月也。乃今二月竟爾不起，余既視含殮，復徇故人之招，匆匆北上，關山獨往，觸緒悲來，不禁涕淚之横集也」。

春波感舊

其一

已收簾幙换承塵，一樣窗櫳認却真。爲有對門雙柳樹，緑陰曾罩檥船人。

其二

水盼蘭情不記年，來應如夢去如煙。青樓事往紅顔盡，老傍江湖越可憐。

登北固山多景樓

高下山形盡抱城，危樓北瞰更峥嶸。一聲畫角起何處，斜日半江風浪生。

杏花

茆屋薜蘿遮，村墟獨一家。眼明江北路，猶見出墻花。

新灘道上戲惱次谷兄

白日炙我背，黃塵吹我面。道逢南來人，黑瘦驚狀變。揮鞭舉手謝，筋力老須鍊。少游下澤車，祇合住鄉縣。兄曾行萬里，煙瘴犯荒甸。如何復于役，却欲障腰扇。竹轎紙密糊，四壁被油幰。有如蠶作繭，此外了不辨。昨朝偶舍車，雙眼稍有見。騎驢三十里，已自誇便旋。請看老馬跡，步步牛羊踐。真情出目擊，争勝非舌戰。兄欲解此嘲，據鞍勿辭倦。

雨中渡沂水

片雨連城暗，沂流急似潮。有源山漸近，無井汲偏遥。白草村牛路，紅欄御榜橋。浮橋朱欄皆繪五彩龍鳳。西風吹客渡，春服冷蕭蕭。

將至都先寄荆州兄

隔年垂橐笑空回，那更騎驢結伴來。時與次谷兄偕行。一事比兄差較勝，春頭曾看故園梅。

重至京寓上斜街荆州兄有詩次答二首〔一〕

〔一〕按，《原稿》此首爲《唱和集》第一首，刊集時删去「唱和集」及小注「起已巳四月盡九月」，頁眉注「并入上卷」。詩題改「京寓上斜街」爲「都下」，并删去「二首」二字，最終删去二首。

其　一

人海藏身計轉奇，再來光景異前時，坐花庭院貪晨夕，夢草池塘感别離。隻影暫分懸榻地，微吟還和换鞭詩。「因作换鞭詩，詩成爲同志」，元微之句也。一燈擣藥誰同聽，薄病期君强自支。

其　二

也應步屧時相過，不比關河悵遠離。家信到來緘並發，異書借得篋親移。閒情約醉親開醖，急足傳看舊搨碑。肯便索君成阻絶，况饒花事近酴醿。

豐臺看芍藥同次谷兄元之甥次兄韻〔一〕

〔一〕按，《原稿》六首，集删去第三、第四首，題改爲「豐臺看芍藥同家次谷兄陳元之甥四首」。

其　三

傍水沿籬密密栽，曉光濃暖正齊開。檐頭四月多干菜，獨愛香膍手折回。

其　四

可惜名園鎖一叢，短牆低亞淺深紅。亭臺好處游難到，別占僧窗槐樹風。

移寓次譚左羽給諫韻四首〔一〕

〔一〕按，《原稿》四首，集删去第四首，題改「左羽」爲「蘐城」、「四」爲「三」。

其　四

竹屏圍合小亭深，落日平臺散客襟。輸與牆東湯吉士，西家高樹借凉陰。西厓寓居相距纔一巷，故云。

登臺望西山

射透黄埃日脚紅，浮嵐疊翠一重重。夏雲不作人間雨，高插羣山别起峰。

敬如移植新竹詩成索和次韻〔一〕

〔一〕按，詩題有修改，「敬如」改「恒齋」，删去「詩成索和」四字。

硯北幽庭十笏寬，盆池影裏翠檀欒。隔簾便覺凉堪坐，得雨應知秀可餐。時方苦旱。陰好儘分鄰舍去，眼明直似故鄉看。溪南五畝全抛却，翻愛脩脩一兩竿。

次韻送陳叔嗣出宰安仁

去作湖南宰，先凫自不凡。一峰迴雁路，九面轉湘帆。城小花攙竹，官閒履稱衫。封泥煩豆蔻，道遠望來函。

次韻奉送大司空翁公請假歸虞山〔一〕

其一

乞歸辭切淚交橫，優詔初傳下荅聲。臣老豈終忘聖世，天高原自近人情。一帆宦海抽身早，萬疊鄉山到眼明。此日皇恩真浩蕩，瀧岡松柏有餘榮。

〔一〕按，《原稿》三首，集删去第一首，題後加「二首」二字。

嘉禾包星來自粵西入都今將歸里臨行索贈別之句

其一

瘴雨蠻煙歷五溪，舊題曾徧夜郎西。愛君別有翻新句，龍眼花開蛤蚧啼。

其二

鱸香亭外雨糢糊，一片歸帆十幅蒲。知是倦游原得計，秋風蝦菜小長蘆。

題許壺山小影

其二

老孏方知抱膝安，昔游如夢畫應難。松亭一片婆娑月，曾上峨眉絶頂看。

秋夜聯句二首

其一

一燈涼照幕，慎行。孤月淡依人。忽聽砌蟲語，魏坤。況來沙雁賓。萍從今夜聚，沈修誠。酒覺異鄉親。城角遥遥漏，慎行。回風報幾巡。坤。

其二

露冷秋初透，坤。星低夜漸闌。點池螢火濕，慎行。到地葉聲乾。往事追流景，修誠。餘情倦倚欄。那堪吟鬢改，坤。歸計尚漫漫。慎行。

竿木集

口占三首〔一〕

〔一〕按，集題作「送趙秋谷宫坊罷官歸益都四首」。

其　二

簫鼓吹狂一國風，魚龍别擅偃師工。都人尚説繁華夢，百戲曾看禁苑中。

敬如邀賞桑落酒席上分賦〔一〕

〔一〕按，《原稿》三首，集删去第二首，題改「敬如」作「恒齋」、「席上分」作「同竹垞」，題後加「二首」二字。

其　二

獨向河東占美名，愛從微苦得輕清。江鄉風味吾能記，十月新篘出甕城。

送徐道勇宰順德

其一

一星明百粤，雙舄過三關。邊海夏無瘴，近城朝見山。硯開鸜鵒眼，香爇鷓鴣斑。料合官情暇，風流想像間。

題壁集[一]

〔一〕按，《原稿》作「詠歸集」，刊集時改今名。

寒食過涿州和西溟

其二

路出樓桑漸向南，村邊過客偶停驂。家鄉節物依稀記，薺菜花時正浴蠶。

河間城外書所見

北風塵漲帽簷欹，車自班班馬自遲。小廟門前一枝雪，斷無人賞野棠梨。

大風行入張夏

亂山西北如哆口，盡捲風沙入土囊。大似閤鴉關外路，青楊瘴裏日黄黄。

嶅　山

一峰千尺拔平岡，石縫無泥樹不長。也有人家背巖住，棘門茆屋指嶅陽。

出山戲索西溟和

亂山衮衮下青徐，地遠天開縱目初。恰似蜀船新出險，一鞭明日穩騎驢。

將至宿遷道中即目

萬頃閒田棄水濱，塞河争伐荻洲薪。問渠買櫝成何用，還有荒蹊放牧人。

曲阿口占

安穩郵籤報水湄，遠來無物可攜持。零陵香草丹陽扇，好與歸裝作土宜。

過無錫聞顧梁汾將北上詩以代柬

傳語梁谿顧舍人，舊游回首漫傷神。依稀淥水亭邊路，飄盡楊花不屬春。

訊張弘蘧庶常病

中年眠食最相關，薄病心情底耐閒。君若載書儂載酒，家門便是石公山。

過楊夢嶽園居同文盎作

趁潮摇艇到城隅，步屧相尋入畫圖。麀眼縛籬穿曲曲，貓頭迸筍避株株。老花戀蔕紅將落，深樹駢枝翠亂鋪。暫返田廬吾又出，轉憐莎徑極荒蕪。時余將入吴。

又題夢嶽巢經樓

高出林梢俯瞰城，堆牀壓架卷縱横。一瓻不靳故人借，千葉自編新目成。多爲稱心拚厚價，每緣被酒發高聲。晴邊扇扇紗窗拓，兩面波光潑眼明。

柘湖感舊和徐淮江二首〔一〕

〔一〕按，《原稿》二首，集删去第一首，題中删去「二首」二字。

其　一

畫橋長短路參差，一信難憑況後期。翠被香消他夜雨，紅箋墨淡故人詩。踏殘芳草空成夢，挽斷垂條尚有絲。記得隔船看髻影，飄燈扶醉上樓時。第四句指徐淮江。

黄子鴻屬題王石谷送行畫册時黄初自燕歸次韻二首

其　一

馬耳輕埃作雪飛，巴溝二月换征衣。好山便是來時路，緑徧蘼蕪客又歸。

其　二

峭帆風健只如飛，嵐氣波光亂上衣。不與樊川同落魄，畫船頭尾載書歸。

橘社集

奉送梨洲先生還姚江

見説姚江暴漲餘，側身南望每愁予。人傳太守三秋信，天護先生萬卷書。今秋三江水溢，餘姚居人漂没者數千家。昨接紹興太守書云：「先生家獨無恙。」暫出不須攜竹杖，從游正好舁籃輿。如何火速催舟發，細雨吴天十月初。

寒月入船竟夜不成寐

怪事歸期滯水鄉，一冬特覺此宵長。鼓傳急點城吞月，鐘落遥空雁叫霜。酒醒有愁驅短夢，爐寒無火爇餘香。鈴聲忽聽橋南去，記起騎驢曉束裝。時舟行久阻丹陽，驢車有竟達吾鄉者。

勸酬集

自己未以後，衣食奔走，與德尹出入如相避然。庚午偪臘，余歸自洞庭東山，德尹適從洛中旋里。除夕酌酒相勞，蓋十二年無此樂矣。時余年四十有一，德尹三十有九，明年相約爲杜門之計。盡辛未一年，凡得詩如干首，取少陵「弟勸兄酬何怨嗟」之句以名集〔一〕。

〔一〕按，此小序刊集時經删汰而文異，集序作「己未以後，衣食奔走，與德尹出入如相避。庚午偪臘，歸自具區，德尹適從洛中旋里，除夕酌酒相勞，蓋十二年無此樂矣。爰相約爲杜門計，盡辛未一年，凡得詩如干首」。

新竹三首〔一〕

〔一〕按，集中删去第二、第三首，題中删去「三首」二字。

其　二

小來已具蕭疎意，食肉何堪對此君。呼作籜龍差不忝，一逢雷雨便捎雲。

其　三

知是簫材是笛材，放梢時節楝花開。斬新畫藁誰摹得，只待洋州布葉來。

瞟城孫愷似編修欲行善於其鄉竟遭吏議今方罷官就訊吳中相遇感憤成詩兼以志别〔一〕

〔一〕按，《原稿》二首，集删去第二首，題删去「兼以志别」四字。

其二

但是逃名可變形，有生何事不曾經。笑投窮鴟充天使，愷似爲諸生時曾奉使高麗。誤入蓬池作謫星。貫索躔中孤月白，南冠影裏一燈青。貧交此際真堪愧，急難空教詠鶺鴒。

閱雲槎叔與諸子閏七夕唱和詩五十餘章漫成一首

不然已近中秋節，怪得涼蟾爾許明。天上槎原通八月，樓中人又起三更。稍嫌露冷蜘蛛網，漸覺秋添蟋蟀聲。却笑諸公還好事，也隨兒女動吟情。

八月十五夜與德尹對酌兼寄潤木〔一〕

〔一〕按，《原稿》四首，集删去第一首，題作「八月十五夜與德尹桂庭對酌三首」。

其一

藥爐新減兒曹病，酒盞重寬老子憂。個是貧家真樂事，煮菱煨芋作中秋。

午後忽雨再作一首

黄雲没隴水平磯，村棙分來蟹最肥。半日秋光人盡賞，一籬寒色雁新歸。花貪濕砌偏争發，葉戀殘枝正倦飛。但約鄰翁能踏屐，好山原只隔柴扉。

喜聞編修兄請假奉太夫人南歸到家有日矣詩以迎之二首

其一

書來先報片帆安，兩月西風水驛寬。冷署初無救貧法，閒居真有奉親讙。也知世路歸由我，只是人情戀此官。池外門前一丘樹，小時猶記共盤桓。

其二

竹葉西灣翠幾重，一天秋色得霜濃。黄雲野水横從畝，紅樹斜陽向背峰。别圃離離分夜火，鄰莊隱隱答晨舂。兄歸若問橋東宅，綺里吾方號下農。

題曹希文祓蘭圖

其一

一層花外一層樓，露濕桐陰翠欲流。貪向春風看鬢影，滿欄香氣與扶頭。

除夕示德尹潤木信庵五首〔一〕

〔一〕按，《原稿》五首，集删去第三首，題中改「五」爲「四」。

其三

暫歸真欲領韶華，臘尾春頭總在家。省對寒梅作園主，一年風信兩番花。

客船集

留別恒齋太守次原韻二首〔一〕

〔一〕按，《原稿》二首，集删去第一首，題改爲「留别恒齋太守次見送原韻」。

其二

交情如我與君稀，忘分忘形兩庶幾。官到耐貧方有味，客從多病轉思歸。酒香堠館花遲發，風急秋江雁獨飛。最是攀條人惜別〔一〕，來時楊柳尚依依。

〔一〕「最是」，後改作「不奈」。

舟行無風口占

劈箭船輕放溜中，江天一鏡落秋空。歸人得此已過分，敢向順流還望風。

早過小孤山

對岸殷鮮曉日紅，空江皛皛氣濛濛。小孤山色濃於髻，半頂螺青出霧中。

重過三江口憶樅陽舊游寄田間先生二首〔一〕

〔一〕題有删改，「過」改作「經」，删去「寄田間先生二首」七字。

其一

歸路重來亦有情，曾經此地作清明。艟艚摇入小江去，一一櫓聲如雁聲。

其二

有約同尋廬阜去〔二〕，君言登陟苦無緣。先生前游廬山者欲登五老峰大都爲風雨所阻，而余游時適遇天色晴好。報君一事君應妬，五老峰頭看海綿。

〔一〕「有約同尋」，原作「我昨别君」，後改今字。

自烏沙夾至池口

大江白浪翻銀槎，太子磯北分三鵶。烏沙小夾接池口，五十五里皆蘆花。小船刺港蓬脚轉，老樹礙路柴門斜。鷗羣亂雜鄰舍鴨，牛背穩立前村鴉。晚禾油油光被野，早稻拍拍聲連枷。舟人指點棲泊處〔二〕，新月正上長風沙。地名見太白集。

〔二〕按，「舟人」句，原作「故鄉秋意已到眼，只怪日暮猶聞笳。回頭失却來處路」，後改爲今句。

山塘與王琴村别

一秋游況憑君慰，約我登山伴我歸。今日半塘橋下别，布帆隨影亦依依。

垂虹橋感舊

白石風流老鐵狂，才情狼籍酒杯傍。誰能收得詩名去，好個鱸魚稻蟹鄉。

題德尹戴笠圖小影

其一

駝褐羊裘典賣餘，蓋頭一笠擬何如。目光牛背能相射，謹避人間下澤車。

其二

雙鬢星埃逼老成，論交何處少逢迎。若論獨立蒼茫意，知己終輸抱膝兄。余舊有《抱膝圖》。

小除日立春示德尹潤木

見是尋常一笑難，故園猶得話團圞。不愁臘與殘年盡，却喜春從舊曆看。冰壑老梅龍甲活，茅簷初日鵲聲乾。難消蓬鬢莖莖雪，只有山中耐歲寒。

並轡集

南湖瓣香庵看梅

聽鶯堂後連宵話，又向茅庵坐日斜。直是與君難作別，不關貪賞故籬花。謂盛宜山。

瓜洲大觀樓張見陽郡丞屬賦二首〔一〕

〔一〕按，《原稿》二首，集删去第一首，題中「屬賦」作「屬題」，删去「二首」二字。

其一

野闊天低地若浮，高城更著一層樓。欲知胸次寬多少，直送長江入海流。

發王家營同德尹作

菜花黄過垂楊渡，記得前番卸馱時。今日鈴聲重到耳，故衣相對鬢添絲。

同康飴定隅尋花入彌勒院

雨浥輕塵水没沙，尋春直入老僧家。勿嫌芍藥開時晚，讓過村郵枳棘花。院中芍藥一叢尚未開，而鄰牆枳花獨盛。

微雨青駝道上

忽逢犖確馬蹄響，漸入翠微崗勢分。無數兒孫齊到眼，泰山知隔幾重雲。

次新城先生壁間韻

其　二

驚沙獵獵過河間，塵壁題名記往還。差勝極南衝瘴去，三年騎馬閣鴉關。

題許霜巖小照

其　一

奇偉魁梧自傴真，更從抵掌見精神。解衣笑指便便腹，豈止容渠數百人。

其　二

不知何意忽相迎，喜動鬚眉躍躍生。引得大家開口笑，滿堂賓客絶冠纓。

送趙子晦之任延津〔一〕

〔一〕按，《原稿》三首，集中删去第二首，題後加「二首」二字。

其　二

密縣中牟界接鄰，兩邦餘澤在斯民。讓他卓魯稱循吏，當日延津坐乏人。

次韻酬唐實君喜余入都之作

其二

傾蓋論交白首新，可堪良會渺參辰。每尋昨夢疑同舍，實君舊和余詩有「薄幔遥窺隔舍燈」之句。偶過名園抵結鄰。萬事總輸開口笑，兩心終藉讀書親。積薪竟出貲郎下，何苦紆途作選人。

冗寄集

次韻答愷功[一]

[一]按，《原稿》三首，集中删去第一首，題後加「二首」二字。

其一

道是無心又出山，幾時倦鳥果知還。曾經岐路三年别，那得勞生一日閒。誤去黑鬚因鑷白，笑添青鬢是詩斑。用東坡詩中語。黄金未就顔難駐，悔擲流光轉盼間。

再次實君韻

小雨晴來作麥秋，一支健水入城流。及時秧馬初行淖，得意茭鷄忽躍溝。荷葉比錢還較大，荻芽如筍自能抽。分明四月田家景，游惰無端到北州。

偶閲楊次也賣花詩戲次原韻〔一〕

〔一〕按，《原稿》八首，集中删去第二、第三、第六首，題後有「五首」二字。又，集編此詩於卷十六《並轡集》中。

其　二

閉門直是怕風沙，半月閒庭草出芽。今日尋僧偶然出，莫猜老眼愛看花。

其　三

畫樓簾捲對官街，鈿盒瓷缾取次排。聽得賣花聲到耳，隔窗催上踏青鞋。

其　六

剪却繁枝剩老枝，輪囷偏愛得花遲。不知此樣誰傳去，錯綵粧成别有姿。

對雨戲效白樂天體〔一〕

〔一〕按，《原稿》六首，集中删去第四、第六首，題後加「四首」二字。

其　四

苔蘚青三徑，梧桐緑一軒。種花泥印屐，洗硯墨浮盆。水檻橋邊舫，人煙畫裏村。此時如對雨，最好是郊園。

其　六

盡日迷濛氣，連宵滴瀝聲。簾疏蠅集案，燈暗蠍窺檠。詩少驅愁法，人傳逐客名。此時偏對雨，最苦是空城。

題陳履仁登車圖小影二首〔一〕

〔一〕按，《原稿》二首，集中删去第一首，題删去「二首」二字。

其　一

雙眼茫茫隘九州，有才那肯卧林丘。敢言峻坂驅車易，且免人呼馬少游。

重過相國明公園亭八首〔一〕

〔一〕按，《原稿》八首，集中删去第二、第四、第五、第七首，題改「八」爲「四」。

其　二

爲賜書多别起樓，小山新築路新修。林泉尚恐遲歸卧，風雨何曾礙出游。當局稍閒須斂手，大川已濟是虚舟。神仙事業俱成就，除却留侯即鄴侯。

其　四

兔苑新開戚里傍，帶丘含藪總非常。紅泉流出丹稜泬，碧樹分來紫界牆。斜引射亭通馬埒，别規鄰圃拓毬場。何如一品奇章石，不入裴家緑野堂。

其　五

徑轉飛橋百步洪，玩儵亭外影疑空。波分御苑承恩近，詩擬山莊應制工。萬物總教歸化日，四時終覺愛春風。君臣名分家人誼，長在迎鑾駐輦中。車駕常幸園中，故云。

其　七

絲肉何當入静聽，竹風松雨響瓏玲。芙蓉翠匾看山閣，楊柳陰移近水亭。坐愛拓牕招燕入，行逢曬網覺魚鯹。野人性在終疏放，欲並眠鷗占一汀。

次夕風雷大作而不雨實君有詩再疊前韻

薄障疏簾只一層，氣吹籬外土如蒸。洪濤捲地風翻樹，流火穿牕電掣燈。六月雨暘頻失序，五行休咎是何徵。身憂天下非吾事，對此無端感亦增。

次實君晚至水磨園亭韻

郊扉隔徑愛長扃，來借東鄰放鴨經。葉密槐榆當午暗，雨多苔蘚上階青。騎驢客散詩情減，浴馬人過水氣腥。較是六年風景別，酒邊猶記舊旗亭。丁卯春與葉秦川曾游此。

曉　晴

草長鄰人宅，凉生野老家。過橋泥没馬，拍岸水沉鼃。深樹晴逾密，疏籬薄未遮。戎葵經雨倒，猶放兩三花。

姜西溟至都未得晤作詩寄之〔一〕

〔一〕按，《原稿》四首，集中删去第二、第三首，題作「姜西溟至都二首」。

其　二

唾壺口缺尚悲吟，千里蒼茫老驥心。衝纊欲分從揣度，筳篿無兆決升沉。彈箏此客非同調，挾瑟何門是賞音。一事料君争不得，好官蘇季正多金。

其　三

弈棋時局日争新，踏過槐花十二巡。幾見同時羞李郃，每聞先輩説苗紳。藏山事業終推汝，拾芥功名合讓人。好約詩筒分夏課，清泉來浣筆端塵。

北牕雜樹成林有黄鸝鳴其間自客京師十年來未嘗聞此也七日前與實君别故次章及之

其　一

挾彈抨弓處處驚，十年雙耳未聞鶯。誤疑額癢生三耳，用東坡詩中語。聽得枝頭第一聲。

其　二

求友憐渠出谷新，小窗南北自成鄰。緑楊樹底孤吟客，前日河橋别故人。

上谷村家

五行占水毁，畿輔未全荒。村落柤梨熟，田家餅餌香。近人餘雀鼠，遠賈逐牛羊。稍礙征車路，溝渠似濁漳。

渡北河遥望西山數峰秀削可愛問其名土人不知也

放慢游韁信馬行，此中依約有詩情。也知定被傍人笑，不識青山但問名。後詢之陳六謙，云即郎山也。易州在其麓。

六謙屬題小像

不盡飛揚氣，能添頰上豪。神情秋自澹，骨格老尤高。書法羲傳獻，詞華乘繼臯。平章花月了，餘事付兒曹。

送卓次厚南歸兼祝尊甫亮庵先生七十壽二首〔一〕

〔一〕按，《原稿》二首，集中删去第二首，題作「送卓次厚南歸」。

其　二

高堂添白髮，相見慰加餐。世路終無味，人生此最難。頌椒餘歲酒，剪韭上春盤。萬事風塵外，都輸一笑看。

陸澹成侍講新葺書齋名懷鷗舫招同人雅集即席賦二首〔一〕

〔一〕按，《原稿》二首，集中删去第一首，題中「即席」作「分」，删去「二首」二字。

其　一

軟塵一派隔東華，酒伴閒尋學士家。只作故園秋景看，船頭船尾載黄花。

題畫贈揚州王漢藻〔一〕

〔一〕按，《原稿》二首，集中删去第二首。

其　二

畫苑風流絶代無，輸君洗眼對江湖。人間片紙何從乞，正寫南巡第一圖。

爲王誨存禮部題蘿軒畫

秋聲欲動樹頭樹，雨氣忽生山外山。直是毫端有神助，爲君信手作荆關。

德尹將南還賦此示别即次菊花原韻五首〔一〕

〔一〕按，《原稿》五首，集中删去第二、第五首，題作「德尹將南還次韵志别三首」。

其二

舊業荒凉海畔村，半生門户且休論。聊寬儉歲新租額。不改田家老瓦盆。小草自知難獨植，轉蓬誰道竟無根。茶煙績火橋西路，一畝宫環五畝園。

其五

年去年來閱歷深，肯緣裘敝歎無金。挽鬚預卜諸孫喜，閉户終嫌俗客尋。落葉聲中添别夢，孤燈影裏望鄉音。從今尺素須頻寄，越鳥時時憶故林。自七月後，不得家信，已百日矣。

題王令詒松南柳磯圖小影四首〔一〕

〔一〕按，《原稿》四首，集中删去第一首，題中删去「小影」二字，改「四」作「三」。

其　一

溪鳥飛來盡作雙，釣絲影裏着蓬牕。不知尺幅寬多少，剪得吴淞水半江。

重宿傳經書屋有懷唐實君時唐客游江西

霜氣侵簾曉更濃，數殘一百八聲鐘。謝疊山詩：「敲殘一百餘八聲。」書屋偪近鐘鼓樓，故云。定知此夜尋山夢，高枕匡南第幾峰。

奉送座主侍讀徐公南歸感恩述事得長律八首〔一〕

〔一〕按，《原稿》八首，集中删去第五、第七首，題作「座主侍讀徐公將南歸感恩述事六首」。

其　五

朝衣催换木棉裘，快比秋鷹乍脱韝。四海靈光留一老，五湖餘興在扁舟。閒呼田父量晴雨，愛引村童指釣游。天與先生全晚節，依然苕霅是清流。

其　七

改名人盡笑劉幾，已分生涯老布衣。長袖何顔争善舞，殘碁無劫透重圍。吴牛見月應多喘，宋鷁占風合退飛。不料也隨桃李徑，斷蓬留影倍依依。白樂天詩：「偶隨桃李徑。」

門神詩六首〔二〕

〔二〕按，《原稿》六首，集中删去第一、第四首，題作「門神詩戲同實君愷功作四首」。

其一

鬼瞰高明事有無，年年隨例换桃符。徒誇富貴持門户，稍變形容入畫圖。紙尾人間長曳白，羊頭關内總紆朱。不知誰典金閨籍，板授紛紛是宦途。

其四

千門萬户作新春，粧點貧家也不貧。冷眼俯看由實客，熱中閒數掃門人。宣明面目依稀似，優孟神情刻畫真。莫倚生涯太輕薄，妙工難寫腹中鱗。

白蘋集

坊口曉發

桅牙似弩朝分浪，雨脚如繩夜殺風。噩夢驚回人换世，卧聽吹笛月明中。

濟寧南池謁少陵祠

樓榭平分水底天，城隅風景異當年。杜詩云：「城隅進小船。」意舊時當在郭内。後人踵事多如此，亂世游蹤亦偶然。綠漲浮萍初吠蛤，翠摇高柳未鳴蟬。請看萬丈光芒在，留取詩名配謫仙。太白酒樓俯瞰池上。

高郵遇周雪客

揚州風物牧之詩，酒熟江湖醉不知。生被一官牽挽去，十年重見鬢成絲。

敬業堂詩集輯補卷六

敬業堂詩原稿三

秋鳴集

座主徐公招同韓希一放舟餘不溪小飲

水檻移灣便出城，籃輿不用昇門生。何人解領詩中趣，引我來爲鏡裏行。翠撲諸峰秋雨過，雲開孤塔夕陽明。難抛十里迴船路，一片煙波欸靄聲。

明日再飲春蕙宅座有濮姬吴人也姿性明惠臨别作詩贈之六首〔一〕

〔一〕按，《原稿》六首，集中删去第二、第四首，題中「作詩贈之六」作「口占四」。

其　二

遥妬依稀似尹邢，巧將紈扇掩娉婷。桃花自愛迷秦客，柳絮何妨去作萍。春蕙於席上時吟杜陵「不分桃花紅勝錦，生憎柳絮白於綿」二句，昨日湖舫小妓已去，故戲用之。

其　四

一重簾幙一重城，臨别難爲去住情。十斛明珠君自惜，也應憐我未成名。

夜泊定山村大雷雨

電掣空江動，奔雷挾雨鳴。旅魂驚獨夜，天意警浮生。魚鳥何機阱，蛟龍此鬥争。風波長叵測，首路莫先行。

七里瀨

積靄浮嵐一氣青，小舟旋繞入螺形。溪山峭拔詩人句，風雨消沉處士星。蘆葉凉生魚掉尾，蘋花秋老鷺梳翎。愛他波底粼粼石，輕觸篙聲最可聽。

尋方干故居不得

三拜名高俗未知，白雲村在范公詩。范文正公詩云：「風雅先生舊隱存，子陵臺下白雲村。」按此，當與釣臺相近而無可考。我來何處訪貽蹟，紅葉滿山啼畫眉。

蘭溪道中三首

其一

瀔水南來不帶沙，清流平展碧紋紗。忽驚白鷺飛千片，行到前灘是浪花。

其二

殘岡渡水截奇峰，石脊長如馬鬣封。萬古不曾經禹鑿，自眠波底作痴龍。

其　三

村煙浦樹互周遮，香草離離被兩涯。粧點溪山原不俗，賈人船上載蘭花。

山陰道上二首〔一〕

〔一〕按，《原稿》二首，集中删去第二首，題中删去「二首」二字。

其　二

片雲渡水却成煙，掛起蓬牕雨入船。不暇作詩惟四顧，天教應接好山川。

題曹希文所藏鑒上人寫生册二首

其　一

老禪得畫趣，伸指不作拳。欲將菱角利，磨作香橼圓。

其　二

山僧愛龍雛，畫筍不畫竹。看取犀角兒，豐盈殊勝肉。

敝裘集

錫山呈秦對巖先生〔一〕先生辛酉典試江西，吾師廬陵彭公實出門下。

通家例得推淵源，懷刺往往辭於閽。師生故事須引見，而我徑造先生門。去秋癸酉歲大比，京兆獻賦如雲屯。廬陵門下百餘士，小子亦荷生成恩。無端横議出謡諑，輷摧輔棄黄塵昏。我留鹵莽滯京雒，師往結束歸丘樊。送行猶記師面命：「薄俗古道終宜敦。梁谿秦公我座主，汝後修謁將吾言。」君師義重一未報，但有雙淚交瀾翻。」中藏此語胡敢忘，去聲。失意躑躅難重論。南宫已負賞花宴，北路又轉飛蓬根。狂風怒號白日短，新月刻露霜天痕。謁公里第寒噤齘，公不我拒言辭温。兩行蠟炬照顔色，頓使氣候回春暄。傷心忍述向來語，魚口中鈎仍吐吞。匆匆解纜迫行役，再拜作别中銷魂。九龍一帶好岡阜，十年夢寐依名園。從游終擬躡雙屐，雲木正護山邊村。

〔一〕按，原題作「錫山留别秦對巖先生」，後改今題。

冬野

北程原慘澹，冬野更荒凉。宿麥未投種，飢烏羣啄霜。沙乾無近汲，景短易斜陽。漸到人煙處，枯風嘯白楊。

曉過陰平

陰平古道走坡坨，細石如沙掠面多。西北淺山環嶧縣，東南急水入泇河。人聲草市紛鵝雁，客飯村場雜馬騾。怪道衝寒偏趁早，荒鷄落月半程過。

鄒縣拜孟夫子廟

古廟依城闕，豐碑表道旁。自生行旅敬，幸過大賢鄉。拔地峰巒秀，參天檜柏長。平生知嚮往，容易到門墻。

曉寒

大星未高衆星爛，霜花觸鬢鬢欲斷。草枯地白平茫茫，牽凍豨膏馬無汗。此時行役有底急，那更孤吟齒牙戰。滿貫青銅付酒家，勸君痛飲天將旦。

呈俞鷗外先生

故人李鷹偏相失，直自眉山恨到今。君獨憐才關至性，誰能得路檢初心。老希一第談何易，情到無言感更深。此日青衫仍道路，敢從餘子望知音。

南巒署中遇顧咸三

一年京洛別，身世兩茫茫。頗怪生同里，相逢必異鄉。雁啼燈榻外，星動酒杯旁。萬事皆如故，惟添壓鬢霜。

戲題旅壁畫龍二首〔一〕

〔一〕按，《原稿》二首，集中删去第二首，題中删去「二首」二字。

其二

首尾依稀出没中，雲垂海立氣濛濛。真龍那許尋常見，世上紛紛盡葉公。

趙北口坐冰牀二首〔一〕

〔一〕按，《原稿》二首，集中删去第二首，題中删去「二首」二字。

其二

滑如白石急如弦，安穩波心放溜船。還怕輕雷起空際，朝來驚動蟄龍眠。

酒人集

題殷彦來歲寒吟後二首

其一

薄袖天寒感素衣，衣工刀尺與心違。公卿肯以詩游戲，争和河南郭泰機。

其二

曾讀殷家三十章，元和盛事記三唐。輸君一夕吟成後，紙價明朝重洛陽。

研谿傳札訂望後出郊看杏花夜來微雨恐阻兹游晨起風日晴明喜而有作二首〔一〕

〔一〕按，《原稿》二首，集中删去第二首，題中删去「二首」二字。

其 二

永定門坊記墮鞭，城西花事又今年。經營小飲談何易，半月騎驢掠社錢。

三月十六日同西溟實君文饒研谿六謙耑木石城友鹿永年向濤霜田亮功次也南陔至興勝寺看杏花四首〔一〕

〔一〕按，《原稿》四首，集中删去第四首，題中改「文饒」作「蒙泉」、「四」作「三」。

其 四

眼明猶及賞餘春，杯睹循環肯算巡。坐久渾忘香繞席，狂來欲唤影扶身。從知樂事饒三月，可惜偕行欠兩人。西厓、聲山俱以病不至。能白能紅聊省記，明年重與作芳鄰。

送王宗玉明府之任平湖

便跨仙鳧去不難，攜家仍作故鄉看。簿書君自留餘地，科目人猶重此官。繞郭煙光三月曉，到帆風色一湖寬。榆枌幸借鄰封蔭，先報家書父老歡。

立夏日雨中過西厓值其病初愈

九十春光去不禁，知君無伴特相尋。丁香梢上濯枝雨，病起捲簾添緑陰。

狄向濤庶常訂同人會飲海棠院是日僕適有他招向濤乃爲改期研谿以詩相惱有坐失佳期負海棠之句戲答之二首〔一〕

〔一〕按，《原稿》二首，集中删去第二首，題作「狄向濤庶常訂同人會飲海棠院是日僕適有他招别請卜期研谿以詩相惱戲答之」。

其　二

春光於我初無分，不料因循并累君。留取白頭吟興在，任他年少醉紅裙。

贈范方仲二首〔一〕

〔一〕按，《原稿》二首，集中删去第一首，題中删去「二首」二字。

其　一

不辭瑣碎譜蟲魚，篆法終當祖六書。鼎足三分真勁敵，大江南北配程邃徐真木。

送王木伯宰綏寧

楚南地盡見孤城，黔粵中間一綫争。墟市早喧蠻女出，山田春看僰僮畊。瘡痍未復傷原重，賦斂初加慮不輕。要與傖荒論保障，民貧全賴長官清。

送鄭禹梅郎中出守高州末章兼示茂名宰王令詒四首〔一〕

〔一〕按，《原稿》四首，集中删去第三首，題作「送鄭禹梅郎中出守高州三首末章兼示茂名宰王令詒」。

其　三

節旄車騎日紛紜，九品中間占一分。莫以麤官輕作郡，科名幾個尚如君。

送馮敬南佐郡梧州

望衡幾面轉湘帆，行到蒼梧路向巉。翡翠巢邊開印鎖，桄榔影裏换蕉衫。漸消瘴氣人無恙，得上扁舟石不凡。好借新泥封豆蔻，有人京洛望來函。

送沈岱瞻歸里

初聞君到卸征衣，明日聲名滿帝畿。無事偶來游亦好，有才如此見應稀。一官正恐終難免，六鷁何妨且退飛。畢竟人情重科目，莫因縫掖羡輕肥。

赤抒屬禹司賓寫照尚未成先索余題句時方酷暑爲取納涼之意他日補圖當以拙詩爲畫藁也三首

其　一

焦陂垂柳朱陂竹，六月炎蒸掃地無。不信詩中真有畫，爲君先寫納涼圖。

其　二

汗透朝衫下直遲，秋聲纔到客先知。芭蕉葉上晚來雨，好是緑窗看畫時。

其　三

坐擁紅粧幾柄蓮，赤欄橋畔水如煙。荒江遠景無人占，留與儂家放鴨船。

雲間周蓀庵六十壽二首

其　一

青山屏列九芙蓉，家在仙山第幾重。三徑人如元亮菊，一村煙是陸機茸。松江地名。簷垂竹實長棲鳳，杖走濤聲欲化龍。處士風流皆眼見，不知誰躡最高蹤。

其　二

曾聞游學到塵寰，長揖南歸遂閉關。才子名重喧日下，謂策銘昆季。先生心只戀雲間。老年兄弟東西屋，暇日賓朋大小山。最羨高堂猶健在，白頭雙袖舞斑斕。

希文將南歸次淵明田居六首韵來索和章時余亦將出都矣〔一〕

〔一〕按，《原稿》六首，集中删去第四、第五首，題作「希文將南歸次淵明田居詩韵來索和章四首」。

其　四

君家城西隅，大有林泉娱。庭深市囂遠，樹色同村墟。俗客不到門，日與木石居。君又晚舉子，老根發新株。抱之向花前，白皙花不如。還家此最樂，那復論其餘。浮名定何爲，烏有答子虚。白衣與蒼狗，變幻須臾無。

其　五

世路實多岐，勞生累心曲。臣居廉讓間，始願良易足。扁舟行已具，杯酒且相屬。客窗領新凉，盡此一寸燭。勿愁連夜雨，首路待晨旭。

游梁集

定州口號二首〔一〕

〔一〕按，《原稿》二首，集中删去第二首，題中删去「二首」二字。

其　一

一州名蹟偶然存，雪浪芙蓉丈八盆。東坡守定州得恒山石，名之曰雪浪，集中有詩及銘。此石今在文廟中。

好笑居人欺過客，大書爭榜道旁墩。

真定城外

人在香風緩轡行，清渠曲折稻田平。滹沱河北秋如錦，十頃紅蓮湧化城。

曹操疑塚二首[一]

[一] 按，《原稿》二首，集中删去第二首，題中删去「二首」二字。

其二

松柏西陵望已空，眼前螻蟻孰雌雄。莫言疑塚無尋處，只在牛涔馬跡中。

汴梁雜感九首[一]

[一] 按，《原稿》九首，集中删去第八首，題作「汴梁雜詩八首」。

其八

萬歲樓高拾級過，眼前風物竟如何。土墉隔巷鷄棲樹，茅店沿街豕涉波。詩裏蓬池留想像，蓬池在城北，即《春秋》「蓬澤」。高達夫有《同陳留崔司户早春宴蓬池》詩。賦中艮嶽失嵯峨。北宋詞臣皆獻《艮嶽賦》。烏啼猿嘯當年事，不待凋殘感始多。史言艮嶽既成，每寒風夜月鳥獸悲號，滿城蕭條若山谷，識者以爲不祥。

寧陵早行

節氣中天正，郊原九月涼。築場驅鳥雀，種麥蹤牛羊。酒旆村村柳，衣砧户户霜。不知秋色裏，何葉最先黄。

汴中無魚今日至固鎮盤餐得此余方以爲喜座有晉人乃至廢食云吾土有客水鄉者所親必相戒勿食魚恐傷骨鯁也南北嗜好之不同如此

其一

北來厭食花豬肉，兩月無端客汴中。忽有魚羹供晚飯，喜聞風味近淮東。

滁州二首〔二〕

〔二〕按。《原稿》二首，集中删去第二首，題中删去「二首」二字。

其二

關山回望失嵯峨，別有溝塍引緑波。平圃雨抽新種菜，低田霜壓未收禾。貪看野意穿城少，飽趁豐年過客多。不是老夫吟性癖，一州光景費消磨。

夜至常熟訪錢玉友時錢亦初自燕歸〔一〕

水窗簾捲一燈明，小艇隨潮夜到城。游子遠歸逢歉歲，故人相見話深更。窮思飽煖原非分，老愛家山亦至情。從此期君減豪氣，半生湖海累才名。

〔一〕按，「常」，《原稿》作「嘗」。

皖上集

四安鎮次徐任可韻

春流一雨没平沙，衔尾灣灣進小艖。我坐無聊頻作客，君行何事亦辭家。村沽獨酌杯旋減，任可不飲酒，余每獨醉。山筍貪嘗飯勸加。已是征車聲到耳，夜闌猶夢櫓伊鵶。

答婁東曾蘭坡次唐實君考功扇頭舊韻

其　一

春風春雨數江程，有客東歸彩鷁輕。書仿歐虞推獨絶，仙如李郭指同行。好詩漢上題仍富，捷徑終南嬾不争。莫怪新交還似故，廿年吾亦熟君名。

題蘭坡小照

其　一

安排丘壑作名園，布置琴書傍酒尊。何似儂家歸計好，東塗西抹便成村。

其　二

一落江湖不記年，鬢絲風細颺茶煙。青松白石如相憶，收取詩名上釣船。

與同年張聲百再疊任可留别韻三首

其　一

回首師門誼不輕，好將期許答平生。匣中氣欲騰雙劍，墻角光猶戀短檠。北野久空餘子目，南宮偶唱故人名。有才未必終埋没，莫學吹虀便廢羹。

其　二

茫茫岐路指坤維，老去方憐見事遲。語雜詼諧終帶傲，句逢强敵尚能奇。千篇我已輸張祜，一敘人方重左思。莫洗琵琶箏笛耳，改絃誰肯愛朱絲。聲百爲余作詩序，故云然。

其　三

何忍匆匆便説歸，輕裝一月寄郊扉。偶開花徑鶯相和，獨對江風鷁退飛。生事久捹春夢短，舊交直似曉星稀。書來寬我長相憶，跋履何門尚可依。時得西溟都下書，極道聲百兄弟相存之厚，故云。

損持將歸吴江三疊前韻

其　一

風波雖惡布帆輕，我已江湖狎此生。半世論交雙短鬢，十年聽雨一孤檠。愁無可寄聊中酒，詩不能工亦强名。此意自憐人未信，稻粱何計穩吴羹。

其　二

厩馬何人與縶維，獨留聊復賦羈遲。敢援張籍爲同調，自遇岑參轉好奇。岸柳幾條禁獨折，江楓一句耐相思。客中送客君差勝，歸及湖蓴尚未絲。

其　三

宦游縱好不如歸，况是高堂日倚扉。别路漸隨芳草遠，鄉心先與白雲飛。室無同産身尤重，世有知音和必稀。若論追陪還有地，倘因入洛許相依。

中江集

久客皖上將之九江劉東臯以詩見送次韻留别二首〔一〕

〔一〕按，《原稿》二首，集中删去第二首，題中「九江」作「江州」，删去「二首」二字。

其　二

簿書能不擾，覓句對幽篁。曉鼓排衙罷，春醪洗盞嘗。床琴清配鶴，袍草緑如秧。肯信鹽車路，崎嶇有太行。

次韻酬南昌葉素我

其　二

官厨連夕釂壺觴，行炙淋漓點客裳。别夢易成千里隔，游蹤争笑十年忙。後來對榻知何地，前輩論交重此鄉。慚媿投瓊何以報，和詩初就不成章。

九龍山下人家

其一

溝洫纔通一線流，家家多向踏車頭。田翁偏惜兒孫力，自叱橋邊水牯牛。

得樹樓集

上巳博野道中

客行經僻路，令節感春華。早出新泥草，遲開閏月花。平田猶放牧，積潦欲生蛙。惆悵逢人少，無村問酒家。

東阿城南僧舍看杏花

客裏風光分外遲，南來初見出墻枝。老年自減尋春興，聊爲茅庵住少時。

舟過南陽鎮

山勢陂陁岸勢紆，岸平山盡際重湖。一灘碧草嫩於剪，幾片白鷗輕比銖。酒市年荒編户散，糧艘風順掛帆俱。居人勿羡魚蠻樂，踏地何曾免出租。

渡淮

一條水曳青羅帶，萬股蘆抽碧玉簪。記取買帆還載酒，鮆魚時節過淮南。

東湖弄珠樓感舊

明燈照席妓成團，歎息從前此會稀。已覺笙歌連夕有，却教鷗鷺避人飛。赤欄亭榭居僧换，青鬢江湖酒伴非。撥觸十年惆悵事，小船摇夢夜深歸。

閲邸報偶成

選法疏通此一時，詔恩新例改銓司。輸邊果有封侯分，值得人傾卜式貲。

秋感六首〔一〕

〔一〕按，《原稿》題爲六首，實七首，删去第六首，題改「六」爲「五」。

其六

秋晨苦易暮，秋夜不肯旦。我無逐逐求，胡迺發長歎。精華消壯氣，時去難把翫。臨老知讀書，燈明眼已暗。眼明諒何益，涉海浩無岸。閉目味其神，會心思過半。

消寒詩〔一〕

〔一〕按，《原稿》十二首，集中删去第八、第十一首，題作「歲寒雜感十首」。

其八

歎息詩人失李頎，柘湖回首舊游非。正愁老友今無幾，且喜藏書得所歸。當湖人來，傳李辰山訃信，且云積書俱歸竹垞矣。萬卷又增三篋貯，千金不費一朝揮。平生謬托知交在，悔不從渠借一瓻。

其十一

貪戀流光似故人，每當臨别却逡巡。爐灰换火俄成劫，隙影窺窗又隔塵。隻手妄遮蛇赴鋆，一繩難繫鼠隳鈎。梅花暗替山中曆，年尾年頭兩報春。

近游集

元夕介庵叔以盆蘭見貽有一蔕雙花者明日來索詩戲答

其　一

戲惱家人卜紫姑，今年買得小姬無。不知此語誰傳去，忽有雙鬟伴白頭。

其　二

月光燈影互交加，照出幽叢一兩芽，道是無情君莫笑，白頭人對並頭花。

雨後種竹

惰游二十年，田園計全疏。豈惟花木瘦，舊竹旋已枯。鄰家乞一叢，種之春雨餘。未暇計枝葉，先宜培根株。陳根比惡草，其勢在必誅。鏟除務使盡，庶獲新鞭舒。老人志願奢，殷勤望龍雛。欲知護持意，記取移植初。

再游道場山麓

去郭村無十里遥，城南畫舫何寥寥。小桃疏雨短籬落，欹柳斜風長板橋。白髮轉頭似昔夢，紅亭迴櫂還今朝。當壚兩鬟舊曾識，不待酒旗花外招。

席上分韻得横字

户庭已幽闃，風雨況縱横。舊事入談笑，餘杯沾使令。再來應卜夜，欲起數窺晴。佳節人間廢，留詩見汝情。

題沈南疑林屋山居圖卷子〔一〕

〔一〕按，《原稿》三首，集中删去第二首，詩題補「二首」二字。

其二

君有名園傍柘湖，魚菱收得水田租。近來又學山居術，便欲耡荒種木奴。

自入春來往返嘉興湖州兩郡凡六十餘日穀雨後還家花事盡矣

其　二

晚來收蠶早焙茶，等閒無事過鄰家。只應聽雨關門坐，看過春風兩郡花。

題又微姪載花圖小照

其　二

廣州茉莉建州蘭，五兩風輕水冒灘。指點片帆歸路近，十年前在畫中看。

題族孫恒弘看舞圖

其　一

野鶩家鷄莫漫猜，吾宗年少又僊才。自言劍器通書法，從看公孫舞得來。

賓雲集

復入舟聯句

水窮甫登山，山盡復入舟。漸老惜筋力，得安且同偷。悔。舠子船名五尺狹，三槳劃兩頭。來朝放溜去，勝坐青竹兜。竹。

和竹翁車盤驛題逆旅主人壁

行盡車盤路，到來腰脚頑。短笻如健僕，扶我上巖關。

炎天冰雪集

題悔齋方伯小照三首〔一〕

〔一〕按，《原稿》三首，集中删去第二首，題改「三」作「二」。

其　二

碧落紅槎萬里餘，曾經絳節指天車。外國稱中原使節爲「天車」，見閻子秀《鴨江行紀》。至今海外傳風度，貢使來猶問起居。

垂橐集

嚴陵三絶句〔一〕

〔一〕按，《原稿》三首，集中删去第二首，題中「三」改「二」。

其　二

三拜才名擅一時，白雲村畔可無祠。知音只有眉山老，手録先生數卷詩。

雨泊北新關外

隔岸濛濛霧，朝來雨意成。樓頭曝衣女，簾捲望天晴。

雨夜閲馬寒中詩

庭梅突被雨摧殘，悶把新詩寂寞看。何物與君論臭味，隔年花折伏盆蘭。時夕盆中幽蘭初放花。

雨中卓履齋見過即次扇頭來韻

笑口何因得暫開，輪囷自分老非材。正當積雨兼旬卧，忽枉扁舟載酒來。緑樹争巢鳩挾婦，濕煙迷徑雉驕媒。舊游欲話傷存殁，容易留君醉一回。傷張介山、吕山瀏也。

盆中白蓮初花賞玩不足繼之以詩〔一〕

雨聲夜入夢，静女與我期。起來風露香，新花粲盆池。愛之手忍觸，謂是冰雪肌。出葉初未高，有如畏炎曦。有情兩相得，幽賞理亦宜。慰我寂寥中，報以瓊琚辭。不愁六月溽，成此一段奇。

〔一〕按，「賞玩不足繼之以詩」八字後被删去。

過夏集

白丁香次季一姪原韻四首〔一〕

〔一〕按，《原稿》四首，集中删去第一首，題作「白丁香次韻三首」。

其　一

六街春事正茫茫，啼鴂聲中鬬衆芳。一樣柔枝新葉裏，紫丁香讓白丁香。

與同年王崑繩話舊次梅雪坪韻

花枝環座酒盈巵，年少心情又一時。有用文章宜愛惜，無多朋好况衰遲。得官肯羨朱翁子，余與崑繩年各踰五十。成佛終輸謝客兒。不是琵琶箏笛手，改絃原自少人知。

編修兄移寓懶眠衚衕籬落林亭頗饒幽致留余過夏歸計未成作詩遣興并索西厓元朗共和之〔一〕

〔一〕按，《原稿》四首，集中删去第一首，題中改「編修」爲「荆州」、「作詩」爲「三首」、「元朗」爲「西齋」。

其一

麃眼籬邊路向斜，不知門巷近東華。萬金難買倉皇樹，半畝留栽次第花。地勝只如營別業，書多翻覺累移家。蕭然此外無餘物，竹几繩牀共一車。

揚州天寧僧舍與同年顧書宣夜話

怪底江南顧彦先，得官偏自愛林泉。重經風雨聯吟地，小住煙波載酒船。黄葉打醒游子夢，木犀參透老僧禪。難抛一寸西窗燭，中有離居六七年。

偷存集

題家聲山所藏趙子車修竹吾廬圖次卷中陳眉公舊韻二首〔一〕

〔一〕按，《原稿》詩題自「廬」至「舊韻」破損，今據集補。又，《原稿》二首，集中删去第二首。題中删去「二首」二字。

其二

手種篔簹十載遥，生憎白髮不相饒。如今已是生孫候，東坡詩「檳榔生子竹生孫」。閒看苔封蝃蝀橋。

池東補蒔花栽積雨連旬盎然皆有生意

豆麥連村雨脚斜，鵓鴣聲裏惱農家。獨教老圃邀天幸，活盡池東手種花。

久雨初霽

半月陰晴未可占，日長如夜亦厭厭。殘泥滿徑燕歸舍，新緑一窗人捲簾。花少賸簪鄰女髻，蜂狂誤撲老翁髯。朝來别有行園趣，林筍齊抽八九尖。

繙經集

盆池荷葉

盆面纔盈尺，中容斛水寬。參差交翠蓋，欹側瀉珠盤。經雨何曾濕，無花亦耐看。最憐清氣味，不厭久憑欄。

次韻題施翼聖東荒田舍圖

其二

蒹葭秋水夢伊人，斟酌林蹊置此身。解道緑蓑堪入畫，半通應不羡青綸。

題朱楫師所藏顧咸三畫羅浮五色蝶〔一〕

〔一〕按，《原稿》三首，集中删去第二首，題後補「二首」二字。

其二

金粉調成錯采圖，仙山風色動羅襦。梅花村口桐花路，可是緑毛么鳳雛。

壽楊遠卿副使年伯五十〔一〕

〔一〕按，《原稿》四首，集中删去第一、第四首，題作「贈楊遠卿年伯二首」。

其一

弘農門第迥無儔，公望還應踞上流。家以潔清傳叔節，人言恭謹似恬侯。三千賓客皆珠履，半百功名尚黑頭。信道神仙須占籍，竹西風物古揚州。

其　四

摘星樓外建旌幢，青鳥飛來總做雙。閬苑三株鄰玉蕊，黄扉一等貯金缸。閒攜仙侶看東海，醉遣詞人賦曲江。慚愧後來還獻頌，洪鐘應不廢微撞。

赴召集

鼉尾山圖再爲新城先生賦四首〔一〕

〔一〕按，《原稿》四首，集中删去第四首，題中改「四」作「三」。

其　四

履綦陳跡感空存，指點當時東柳門。却笑半山才思劣，罷官歸去尚争墩。

盆中三咏吴元朗齋分賦〔一〕

〔一〕按，《原稿》三首，集中删去第一首《小松》，題中改「三」作「二」。

小松

五鬣含風淺，孤根壓石牢。龍纏筋尚細，鶴立骨終高。入畫支頹壁，烹茶助午濤。那無千丈勢，蟠屈等柔毛。

集汪東川祭酒齋賦得風潮泊島濱即次祭酒原韻二首[一]

〔一〕按，《原稿》二首，集中删去第二首，題中删去「二首」二字。

其二

天水莽迴互，扁舟滅没間。危防風斷纜，静閲浪移山。魚健揚鬐去，鷗輕矯翼還。不須誇海若，吾久隘塵寰。

送江村先生南歸即次先生紀恩八章原韻[一]

〔一〕按，《原稿》八首，集中删去第二、第七首，題作「送高江村先生南歸即次紀恩六章原韻」。

其二

翠驛紅亭閲錦鑣，欣看扈蹕復趨朝。萬年枝上流濃露，五色光中指慶霄。芳徑聞鶯風乍引，液池移艦霧全消。重經步輦陪游地，頻有賡歌答帝堯。

其　七

長見黄門啓夕扉，宫花宫柳並依依。仙厨調鼎踰常饌，院燭分光過落暉。至性難回知母在，羣情未免惜公歸。到家一事人争羨，綵袖攜來有賜衣。

寄祝汪韋齋年伯七十壽時官鞏昌郡丞

其　二

遥從博望溯河流，地佐雄邊古渭州。錦里人題司馬柱，先生在任建疊藏橋，爲一州之勝。銀蟾客滿庾公樓。將車佇看轓隨鹿，健飯何勞杖祝鳩。此日通門齊獻頌，莊椿争記八千秋。

隨輦集

賦秋海棠二首〔一〕

其　一

也愛佳名托海棠，水邊林下自幽芳。邊風吹醒東華夢，别作秋來一段香。

〔一〕按，《原稿》二首，集中删去第一首，題作「秋海棠」。

陪獵集〔一〕起癸未八月盡十二月

〔一〕按，此集名編集時删去，并註明「併入上卷」。

即目

曉氣冷蕭蕭，霜輕葉未凋。連山多藥草，獨識射干苗。

賀張志尹前輩生子

其一

湯餅筵前賀客俱，鳳皇池上種應殊。問君吉夢占多少，此是徐家第一鶵。

西阡集

重過德州感舊

憶赴鋒車召，衝寒到德州。身方隨計吏，賞忽被宸旒。歸計貧何負，虛名老自羞。往來成底事，白盡此生頭。

與馬儁伯少參

儲胥重任寄吴天，南北平分都漕權。帝簡一星爲福曜，公來四郡屢豐年。扶風帳下生徒盛，新息書中子弟賢。莫對溪山感留滯，歌謡多在五湖船。

與蘇州太守賈素庵

劇郡煩良吏，來膺帝簡殊。從容覘積學，篤實見真儒。世苦需經濟，風頹視楷模。十年期望意，傾倒一時俱。

西阡雜感〔一〕

〔一〕按，《原稿》六首，題中「五首」二字爲後來增補，集中删去第六首。

其　六

許子季覺。近廬墓，欣爲窀穸鄰。應憐吾父母，不異爾先人。

敬業堂詩集輯補卷七

敬業堂詩原稿四

迎鑾集

奉謁侍讀秦公於寄暢園敬呈六章[一]

〔一〕按，《原稿》六首，集中删去第一首，題中改「六」作「五」。

其一

亭臺高與法雲鄰，巖壑歸踰二十春。先生自甲子冬解組歸里，今二十四年矣。不獨公姿同海鶴，泉旁花木亦精神。

還朝集

重食安肅菜

削盡冬畦緑，獨留霜雪心。加餐真爲此，臭味老彌深。

道院集

寄祝竹垞先生八十壽三首〔一〕

〔一〕按，《原稿》三首，集中删去第二首，題中改「三」作「二」。

其　二

業在千秋正未央，漢儒經義宋文章。時無曹輩堪同社，誰與先生特置鄉。覆雨交情宜廣絶，調黿宦味亦粗嘗。少微一個明如月，曾侍臺垣御座旁。

詠翠雀花二首

其　一

滿庭風露一叢花，花鳥原來本一家。合是美人親手折，雙雙來傍鬢邊鴉。

其　二

亭亭幽樹曲欄前，嬝嬝蜂鬚蝶翅邊。惆悵欲飛飛不得，一簾秋思惹人憐。

題史耕岩先生溧陽溪山圖即次原韻六首〔一〕

〔一〕按，《原稿》六首，集中删去第三、第四首，題中改「先生」爲「前輩」、「六」爲「四」。

其　三

作底歡娛不買憂，孟東野詩：「胡爲好奇者，無事自買憂。」自披圖上映花樓。溪山百里皆平遠，何壑堪藏夜半舟。

其　四

經業爭傳里巷兒，學如酒味别醇醨。豫章弟子胥登用，方識桓榮是本師。時先生方官少詹。

題邵甘來滙水村居圖

其一

沙環水滙岸坡陀，雪點春苗白鷺窠。獨把一竿翹足聽，樵歌未斷又漁歌。

題李蒼存後圃種菜圖

筍根斸土鵶觜香，細泉分灌園中央。山桃野杏各爛熳，及此菜畦花未黄。一天風露清詩胃，此老居然得真味。試問頻叨地主恩，何如暫借參軍地。

孫觀河無隱室乞題詩

其二

晦老涪翁兩不言，直憑止觀入空門。見恒河性依然在，莫笑東坡是鈍根。

勵南湖前輩移寓鄰巷以詩索醉

犀柄星徽共一車，入門何事不清嘉。萬金難買成陰樹，三徑行看補種花。設客便應先北巷，捻書端合問東家。與君日日爲同舍，下直猶思一笑譁。

休澣戲和紫滄

同年同寓兼同直，休澣同時亦暫時。却笑好名心尚在，口呵冰硯手抄詩。

謝人惠冬筍

渭川千畝翠琅玕，斸雪尋鞭事亦難。重馬販鮮來朔野，行厨分餉及春盤。老貪鄉味催湯瀹，旁約鄰僧待飽餐。但恐詩多蔬筍氣，煩君爲我洗酸寒。

謝人餉廣鴨

食品遥從嶺外傳，肥如黄雀也披綿。羽毛獨立今安有，彈射多驚亦可憐。桑苧呼名曾看鬬，壺盧誤客莫登筵。無端輟箸還三歎，爲憶橋東放鴨船。

槐簃集上

次阮長韻四首〔一〕

撲帳揚花可自由，昌谷詩：「揚花撲帳春雲熱。」催詩又欲上人頭。浮空多態方凝思，昌黎詩：「新詩多態度，靄靄春空雲。」似夢無心忽惹愁。東坡詩：「春夢無心秖似雲。」采藥深迷松下路，蒸桃紅結海東樓。杜詩：「紅遠結飛樓。」相傳干吕曾連月，《十洲記》：「青雲干吕，連月不散。」容易風流散便休。

右春雲

〔一〕按，《原稿》四首，分别爲次春風、次春雲、次春雪、次春草。集中删去第二、第四首，第一首題作「春風次院長韻」，第三首題作「次韻春雪」。

非種難鋤日夜繁，但逢寒谷亦春温。煙緜露蔓移新宅，馬跡車輪染舊痕。蝴蝶悠揚風細細，鷓鴣磔格雨昏昏。天涯何處無歸路，最憶如茵緑到門。

右春草

題吴寶崖雪龕煨芋圖小照二首〔一〕

〔一〕按，《原稿》三首，集中删去第一首，題中删去「三首」二字。

其　一

寓直常先下直遲，鳳城寒盡憶歸期。甘蕉葉爛早梅發，又是山中芋熟時。

題嫻堂奉母圖爲郭于宮尊堂吕太君壽〔一〕

其　三

松醪桂釀寄遥斟，白髮年來深未深？見説起居殊健在，每傳書慰望雲心。

其　四

不乞駢辭列屏障，特煩名筆寫松筠。圖爲宋堅齋副憲所畫。此圖合掛此堂上，又博慈顔一笑春。

〔一〕按，《原稿》四首，集中删去第三、第四首，題後加「二首」二字。

題紫滄醉吟圖小照〔一〕

其　一

生綃圖畫儼神仙，莫問香山與集賢。欲試道根深幾許，摩登伽在散花天。

〔一〕按，《原稿》四首，集中删去第一首，於題後加「三首」二字。

槐簃集下

雪中望西山

一冬無雪點山椒，留待春來作絮飄。高出虛空列屏障，盡收蒼翠納瓊瑶。趁人突兀争排闥，上馬崚嶒怯渡橋。日日相看吾不厭，眼前奇絶是今朝。

燕九日郭于宫范密居招諸子社集演洪稗畦長生殿傳奇余不及赴口占答之〔一〕

〔一〕按，《原稿》三首，集中删去第二首，題中「答之」作「二絶句答之」。

其二

小試神方覓後緣，金釵鈿盒故依然。海山不是無歸處，久在人間亦可憐。

樓敬思送蕙

老懷索莫違春事，趁蝶隨蜂嬾出郊。慚媿菊枯梅落後，舊交垂盡得新交。

棗東集

戲題吴寶崖杖頭貰酒圖小照二絶句〔一〕

〔一〕按，《原稿》二首，集中删去第二首，題中删去「二首」二字。

其　二

詩筆瀾翻潤不枯，尋常愛狎酒家胡。傾囊買得如花妾，肯拔金釵佐飲無？

再疊辰字韻呈潛齋前輩

重開東閣撰良辰，飛動相看别有神。十盞燈光紅照座，一簾花氣暖烘人。宦情澹後篇章富，觥政嚴來壁壘新。爲報門墻多勝事，不勞剪綵貼宜春。

新植緑蕚梅千葉杏二本次早微雨戲成一律

芙蓉多葉杏，緑蕚一枝梅。縱被同時賞，終憐失次開。拔方離火宅，夢忽到陽臺。老眼紛紅白，猶煩雨洗來。

院長以木拄杖贈孫觀河有詩索和次原韻

未衰焉用强扶持，把贈聊堪作土宜。興到掛錢行貰酒，閒來倚壁對吟詩。稀逢鄰叟交頭拄，遠與山僧駐錫期。歸路相於定何日，葛陂應見化龍時。

題王麗樵松影圖次原韻

黄塵烏帽且京華，看過東風幾度花。忽捲松濤聲到耳，茶鑪側畔客思家。

禱　雨

掃地熏壇醮未收，再三重請爲來牟。清齋半月渾閒事，誰體皇仁試慮囚。

曉過玉蝀橋

露荷風柳曉泠泠，金碧分光入畫屏。豐澤園西煙水闊，鷺鷥飛過五龍亭。

題王文選浣花溪垂釣圖小照〔一〕

其二

山公介不羣，一麾將出守。自惜十年來，閒抛釣竿手。

〔一〕按，《原稿》三首，集中删去第二首，題後加「二首」二字。

蝦蟆石次昌黎韻爲周策銘前輩賦

曠觀造物初，人宵天地貌。《漢書·刑法志》：「人宵天地之貌。」按，宵與肖同。散殊爲萬類，詎易錙銖校。於中石最頑，狀醜面或皰。一拳想自古，積久辱泥淖。變爲私蝦蟆，塊處聽羣鬧。塞兑實具腹，如受老聃教。池塘春夏交，科斗生不覺。移旬趯兩股，聒耳聲齊爆。兒童聚楚咻，百喙亂鄉校。石乎當此時，深匿羞自效。斑斑文莫掩，硌硌膚不橈。睅目而哆頤，疑將躍青罩。李長吉詩：「菱科映青罩。」詩翁負奇癖，俯取來甸稍。袖石口哦詩，誇人性所樂。和章出牽率，何異管窺豹。似聞千歲蟾，曾伴匡子孝。廬山中有千歲蟾蜍。子孝，匡廬君字也。江珍倘可拾，吾亦鼓吾櫂。

長告集

周桐野前輩貽雲棋一副開奩皆白子也戲占三絶句〔一〕

其　三

從來黑子比彈丸，十九條邊路盡上聲寬。我本着低難出手，直饒國手也旁觀。

〔一〕按，《原稿》三首，集中删去第三首，題改「三」作「二」。

鷂燈一首

城南月黑地風升，多少兒童放鷂燈。跨海斜飛蝃蝀影，撲天高引轆轤繩。炬分鴉陣驚初散，火挾鳶肩勢易騰。不及暗中螢自照，暫時光景借憑陵。

獨游自怡園次少陵重過何氏五首韻兼呈院長

其　一

舊熟西郊路，相招不待書。到門橋斷板，隔岸水周廬。樹穩營巢鳥，溪肥墜釣魚。自爲京雒客，强半借園居。

其　二

締構新加密，規模舊不移。種花多結子，看鶴又生兒。濕翠交莎逕，遥青際麥陂。自然添野趣，高下有疏籬。

其　三

野老重游日，先生内直時。留連三月景，檢點廿年詩。朱舫移山影，清流驗鬢絲。向來賓客盡，惆悵聽鶯期。憶姜西溟、唐東江、孫松坪也。

其　四

冉冉春將莫，遲遲日正長。苔鋪文錦毯，竹𡾰羽林槍。頗訝栽榆柳，渾知藝稻粱。成陰眼中見，作計詎倉皇。

其　五

再到知何日，追陪記往年。慚無歸宿地，悔作出山泉。送老思茅屋，躬耕負石田。爲居門下久，臨去倍依然。

送陳緘庵前輩視學山東[一]

〔一〕《原稿》三首，集中删去第三首，題後加「二首」二字。

其　三

每於下士見心勞，一柄如衡手自操。科目聲華緣地重，文章壇坫比官高。光生翠岱三更日，勢展滄溟萬里濤。莫道霄泥兩相隔，七年風月舊同曹。

院長以折枝牡丹見貽報謝二首

其　一

不辭攀折到貧家，大抵人情少見誇。賣菜街頭例求益，可憐紅藥正多花。

其　二

蕊珠樓閣隔煙霞，老去人間紀夢華。深感司空貽贈意，殷勤留作殿春花。記戊子閏三月奉召西苑觀牡丹事，韓昌黎詩：「殷勤木芍藥，獨自殿餘春。」

江西撫軍郎紫衡五十壽詩家恒侯屬賦

吴楚分疆入斗牛，綵旄坐領十三州。年豐俗儉民情樂，政簡風清主眷優。南浦煙波隨棹闊，西山爽氣捲簾收。飛觴遥賀無多語，半百功名尚黑頭。

南昌彭訒庵封翁九十暨郭太君八十雙壽令子尹作與余同官屬賦

八十慈親九十翁，彭家世壽有門風。望高處士柴桑里，居近真人鐵柱宫。南極星明聯寶婺，西山氣爽接崆峒。崆峒山在虔州，《圖經》以爲黄帝得道於此。科名已是兒郎事，松柏寧忘雨露功。

夏冰又次前韻

只道山堪倚，寧知水易流。陰陽隨聚散，瓜李聽沉浮。候至因人熱，消來减價酬。路旁多病暍，嗟爾豈能周。

寄祝梅定九徵君八十壽安溪相國屬和二首〔一〕

〔一〕按，《原稿》二首，集中删去第一首，題中删去「二首」二字。

其　一

我識宣城梅處士，少微今是老人星。詩中風月懷句水，畫裏江山愛敬亭。翠鬣蒼皮松骨格，雪毛丹頂鶴儀形。後生學問無根柢，誰解洪鐘扣寸莛。

德尹家新釀白酒以一缾分餉

釀法誰邊得，分來少倍甘。晚庭成獨酌，小户取微酣。卧覺凉生簟，醒聞雨打庵。勸酬餘興在，莫笑老兄貪。

題杜子綸庶常填詞圖〔一〕

〔一〕按，《原稿》三首，集中删去第二首，題後加「二首」二字。

其　二

曾向燕臺詠柳枝，又煩紅袖乞題辭。年時氣味依然在，莫笑花前鬢有絲。

題插竿圖

小舫低蓬水淺深，一竿閒插影沉沉。得魚元是適然事，不要先存倖獲心。

秋暑甚烈連雨成寒

物候殊難料，人情不耐看。久晴花失艷，經雨葉先乾。頓覺衣裘重，方知絺綌單。今年秋興少，暑退即生寒。

自怡園海棠秋後復花院長命工寫折枝桂花並插膽缾中索題二絶

其一

一梢重放錦城紅，劚入淮南舊桂叢。傳語明年春倍好，西風消息逗東風。

其二

維摩丈室散花天，香色多非愛染緣。參得木樨公案透，道場合着海棠仙。

待放集

院長西厓先生出示與都憲公贈答詩索余次和〔一〕

〔一〕按，《原稿》八首，集中删去第二首、第六首，「西厓先生」作「湯西厓前輩」，「都憲」作「副相揆」，題後加「六首」二字。

其二

風流相賞詎嫌遲，聯步來尋夙昔期。見説尚書頻給札，至尊且喜得同時。用《司馬相如傳》中事。

其六

珊瑚架筆玉爲牀，傅彩施丹綺翼張。一種白描高手在，寒蘆野水伴鴛鴦。

題徐去矜侍御日南種菜圖二首〔一〕

〔一〕按，《原稿》二首，集中删去第一首，題中删去「二首」二字。

其一

囊子從安肅，移栽到永康。禦冬餘旨蓄，帶露及新嘗。義取齋厨儉，親開郡圃荒。一州知免饉，餘愛在蔬香。

種蘭

桃李非吾好，幽蘭性所存。噴泉爲洗葉，買土與培根。只似在空谷，何妨傍小軒。瓦盆深位置，免使忌當門。

題石門勞鈞天日篴鼓篋册御史中丞介巖先生之次子也〔一〕

〔一〕按，《原稿》三首，集中删去第一首，題中「册」作「圖」，「御史丞介巖先生之次子也」作「二首」二字。

其一

曾隨老鳳返丘園，再到才名滿國門。久矣爲渠留望眼，碧梧枝有舊巢痕。

雨後過自怡園看海棠次院長師同作時余方請假歸有日矣〔一〕

〔一〕《原稿》二首，集中删去第二首，題中「次院長師同」作「同院長」，「方請假歸有日矣」，作「復請假」。

其　二

清露霏霏潤，初陽淡淡紅。羣芳爲侍婢，時丁香、鸞枝、碧桃方盛開。獨艷對衰翁。天氣陰晴半，人情愛惜中。明年花發候，迢遞望詩筒。

題程蒿亭持竿圖小照

其　二

不着扁舟傍柳陰，却將雨笠配風襟。釣鰲亦是適然事，不要先存倖獲心〔一〕。

〔一〕按，此句原作「辛苦三年海上心」，後改。

乞歸候旨未得襆被即行口占一絶

芍藥開時擇歸日，石榴紅後擬還家。誰能料得滯留事，又見墻西棗欲花。

院長自口外寄餉野鷄卵十枚〔一〕

五色文禽觳，非關致網羅。探應同雀鷇，苑不入鷄窠。爲數恰盈十，分甘寧在多。毁巢完卵在，未忍付鋗鍋。

〔一〕「院長」，原作「總憲」，後改作「院長」。

閏五月二日同人集棗東書屋分詠庭前花木十一首〔一〕

〔一〕按，集中删去九首，僅存《月季花》、《金盞花》二首，題作「同人集棗東書屋分賦二首」。

棗　花

西鄰棗一株，纂纂當簷牙。曾交八月實，重看五月花。明年定誰來，與爾做東家。

石竹花

詩家賦竹石，多半稱殷紅。而此乃假名，幽芳故叢叢。羅衣若可繡，太白詩：「石竹繡羅衣。」小草偏能工。

夏　菊

菊以六月名，不載《夏小正》。徒矜形色似，特少冰霜性。去去及秋期，籬邊就陶令。

杜若

澤畔有騷人，惜兹蘅杜芳。我移一本來，滿眼生瀟湘。瀟湘不可往，往者多感傷。

萱花

舉世愛杜康，謂其可忘憂。焉知北堂萲，功並歡伯侔。區區論臭味，孰與華胥游。

鳳仙花

鳳兮德之衰，仙乎骨亦凡。一名固難稱，矧乃二者兼。君看魏王志，往往夸新銜。

莕菜花

莕花黄五出，葉似新荷舒。勿言盆盎小，物象呈清虚。上有紅蜻蜓，下有金鯽魚。

金銀花

姹女及嬰兒，丹爐難速化。誰施黄冶術，九轉一晝夜。幸有買花錢，憂貧吾不暇。

榴花

蒲桃安石榴，初隨苜蓿至。苜蓿今連天，蒲桃亦匝地。獨取一枝紅，嫣花點苔翠。

送同年劉大山應召赴行在四首〔一〕

〔一〕按，《原稿》四首，集中删去第二首，題改「四」爲「三」。

其二

山外青天天外山，雨梳膏沐出煙鬟。寬屯虎旅三千帳，飽秣龍駒十二閑。古蹟半尋圖畫裏，行宫多在翠微間。憑將眼界開懷抱，底用消愁酒借顔。

燕將雛

有鳥來依人，啣泥舊巢處。辛勤護四雛，乳哺比嬰孺。青出必口接，駢首争引嗉。主人堂設簾，夏月憎蠅故。旬來每高捲，胡忍相隔拒。雛聲日孜孜，雛毳漸成羽。一朝忽四散，彼此了不顧。老燕却飛回，空梁繞頻覷。徘徊苦相覓，對語似相訴。主人有一言，燕燕爾無怒。想爾爲雛時，能飛亦徑去。曷返將雛心，而爲烏反哺。

繆湘止席上賦文官果

緑玉苞含白玉瓢，中間磊落各分房。勾尖合付纖纖剥，退殼還生細細香。文到佳時原取淡，官從熟處轉思凉。天然有味甘酸外，却是神農未及嘗。此果《本草》不載。

洗象詞六首〔一〕

〔一〕按，《原稿》六首，集中删去第二首，題改爲「洗象詞五首和顧俠君」。

其 二

怪爾幾同豕涉波，碧油一蹴起盤渦。不知昨夜城南雨，添得枯壕幾尺多。

總憲公於熱河新居開池種蓮花時有詩見寄次韻二首

其 一

冰奩展鏡辟纖塵，透水荷花朵朵新。説與歸人增悵望，夢中六月下塘春。東坡《湖州》詩：「繞郭荷花一千頃，誰知六月下塘春。」

其 二

直從灤水引支渠，疊石埋盆正不如。抵得白家池上樂，卧床欹枕看紅蕖。香山詩：「芙蓉池在卧床前。」

計日集

十月廿五夜大雪

畎畝經秋旱，宵來雪始成。隔窗疑是月，欹枕絶無聲。直逼孤燈暗，俄添老眼明。鄰鷄渾失次，報曙已先鳴。

雪後風日晴煖

雪晴冬律變，未臘已先春。不少無衣嘆，何傷造化仁。欠伸消短景，俯仰託閒身。白日非私照，嗟嗟獻曝人。

除夕前九日立春

節氣潛侵臘，風光已背冬。十行餘舊曆，萬事委衰容。雪甲堆盤翠，冰醪粥面醲。古稀如可望，猶得五回逢。

齒會集

徐觀卿庶常札至邀余作鄧尉之游時初自吴門返棹家園梅已放矣寄此代柬

孤僻便吾性，爲歡百不宜。氣衰難敵酒，語率易傷時。欲赴看梅約，猶寬縱櫂期。報書遲未達，先寄草堂詩。

葆光居賞牡丹兼示祝良仲賓季爾田兄弟〔一〕

〔一〕按，《原稿》六首，集中删去第四首，題後加「五首」二字。

其　四

洛譜争傳品絶殊，多將姚魏比名姝。根株盡入王侯宅，此本中州近已無。

許東垞惠松粉兼枉佳章次答二首

其一

嬰嬰風乾初墜粉，微微雨濕尚含黄。爲丸爲麨皆仙品，韋蘇州有《紫閣居士賜松英丸》詩，又，《老學庵筆記》：「上官道人巢居食松麨，年九十矣。」分我香洲十里香。《述異記》：「朱厓郡香洲出千年松香，聞十里，亦謂之十里香。」

其二

無味故知原有味，張建《松粉》詩：「我嘗淡無味，我嗅寂無香。」似花還道是非花。牢丸别試輕身訣，方法傳從許掾家。

信庵自粤西攜歸羅浮蝶繭朝來蜕蛹而出五采斑斕喜成二絶句

其一

葉裹絲縈繭一枚，忽驚五色翅雙開。老翁拍手兒童笑，不負提攜萬里來。

其　二

吸露餐花自得僊，誰教作蛹學蠶眠。春風吹醒羅浮夢，再到人間已隔年。

題元裕之集後

其　一

繡出鴛鴦可解飛，金針欲度事耶非。饒他乞得天孫巧，也要人間覓錦機。

其　二

蕉鹿興亡閱兩朝，中州人物亦寥寥。天留一老天興後，從此金才遠勝遼。

濟蒼貽我珠蘭建蘭二盆賦此志謝時濟蒼將赴浦江學博任即以贈行

美人何方來，各秉清淑質。臭味故無殊，祖禰同自出。南風扇槐夏，次第牙蕾茁。昔登君子堂，今入維摩室。兩無分別相，況可置甲乙。日與善人居，熏然釋餘習。平生芝蘭契，零落十存一。君又將別余，渡江行有日。跡孤聊聚散，情在何疏密。持作贈行篇，同心篋征吉。

亢旱二十日晚來微雨

眢井塵生海眼枯，田家未免望沾濡。寬心且作須臾計，一溉爲功較勝無。

六月十一夜大雨初過晚涼坐月〔一〕

〔一〕按，《原稿》二首，集中删去第二首，題作「雨後納涼」。

其二

快雨移時又快晴，一天爽氣襲衣輕。好風吹動乳蕉影，葉底尚聞殘滴聲。

寄廖若村同年

初聞請急返江南，五日爲期賦采藍。衮衮更誰逃吏議，悠悠祇合付街談。《西京賦》：「街談巷議，彈射臧否。」生還白社吾差幸，坐失青雲子未甘。同輩幾人猶具慶，綵衣知不博朝簪。

建蘭復花

再報蘭牙茁，晨朝病眼開。苦憐經夏旱，常恐及秋衰。卷幔微風過，移盆驟雨催。平生餘臭味，親手驗栽培。

手種牽牛七夕吐花憶去年曾於寓庭蒔此花時余方出都轉盼一年矣

頗怪根隨地，還如客到家。初生緣細竹，直上借枯椏。庭有枯梅一株，蔓延其上。弱極蔓交蔓，斬新花續花。隔年風物似，閒坐憶京華。

次韻答鼎夫上人

齋鐘飯板久馳思，朝跡收回自笑遲。俗客去傳黃菊賦，高僧來寄碧雲詞。禽魚野性隨方樂，草木餘年造物私。甚欲尋師禪悅院，拏舟當及看潮時。

答天寧詩僧光楚即次來韻

我欲出家猶未得，輸他住世有閒情。遠從楚老傳詩法，近向僧中狎主盟。興到溪山攜屐往，歸來猿鶴繞階迎。一燈不斷千花塔，掃地焚香分外清。

大雪寄杲師問山中松竹

一天雷作祟，三日雪如狂。竹壓須防折，松埋直恐僵。迷漫連海岸，問訊到山莊。瓦落樊籬破，煩師好護將。

步陳集

人日赴榆村兄真率會四首〔一〕

〔一〕按，《原稿》四首，集中删去第一、第三首，題改「四」作「二」。

其一

黏鷄貼燕撰良辰，花勝風前巧鬬新。可惜不同元日會，屠蘇吾是第三人。

其　三

驐鷄篘酒舊家風，肴核堆柈已太豐。是日踰五簋之約。重向初筵申後約，好將真率學温公。

送湯納時表弟赴吉水任四首〔一〕

〔一〕按，《原稿》四首，集中删去第四首，題改「四」作「三」。

其　四

貫斗才名四海知，滕王高閣舊題詩。平生風月三千首，賸采風謡入口碑。

渟如招游蓮華洞〔一〕

〔一〕按，《原稿》五首，集中删去第四手，題後加「四首」二字。

其　三

天半遥聞一杵鐘，出山回望兩芙蓉。武夷九曲吾曾到，髣髴仙巖接筍峰。

與劉海觀前輩話舊有感二首〔一〕

〔一〕按，《原稿》二首，集中删去第一首，題中删去「二首」二字。

其　一

文昌法曜本同躔，中外恩均雨露天。手把一麾凡幾郡，量移雙節又三年。虚懷開府推前輩，謂滿中丞覺山。平揖羣僚孰比肩。多少鵷鸞上臺閣，豈容江海滯名賢。

端陽前二日游北蘭寺時暘谷挈榼小飲列岫亭中時葉素我尊聞姪楨兒俱在座〔一〕

〔一〕按，《原稿》五首，集中删去第三首，題中「寺」後加「四首」二字、「時」後加「李」字，且删去「中時」二字。

其　三

才人争詠滕王閣，我獨題詩上此亭。山色愛從閒處望，江聲宜向静中聽。

次韻答葉素我

庾樓醉别夢魂賒，又向江天看落霞。笑我粗才同杜牧，輸君險韻鬭劉叉。新篇道故情相感，苦語回甘味更佳。可歎潯陽貧太守，罷官蹤跡似浮查。葉向在朱恒齋幕，今朱方去官浪游，故及之。

吾過集

楊東崖諸子枉過敝廬席上分賦二首〔一〕

〔一〕按，《原稿》二首，集中删去第一首，題中「東崖」改「致軒偕」、删「席上分賦二首」六字。

其　二

市遠無供給，庭荒任草萊。已知貧益甚，翻愛客能來。坐覺凉飔入，香傳蚤桂開。名園高會在，隔歲首重回。憶去年中秋拙宜園雅集也。

訪陳侍御梅溪郊外新居四首〔一〕

〔一〕按，《原稿》四首，集中删去第二、第四首，題中改「四」爲「二」。

其　二

鳥雀窺人過，牛羊讓畔行。到門籬落轉，背郭草堂成。犀首飲無事，陶潛得此生。百年消底物，作達免經營。

其　四

畎畝存吾道，風波脱要津。曾爲聰馬使，收得杖鄉身。有品難諧俗，無官勿諱貧。白頭知幾見，還往倍情親。

戲答周柯雲

作詩計窮達，其然豈其然。窮有未盡工，達亦未盡傳。可傳必有故，窮達何與焉？天賦詩人窮，且假詩人年。不以鹵莽報，是曰人之天。語本《南華》。我窮天所易，官罷歸無田。然而不諱窮，卒與窮周旋。瞻前牛解鞅，視後羊加鞭。尚思炳燭光，兀兀事晚妍。不敢出怨句，恐侵造化權。子窮又過我，亦復手一編。時哉從我游，舊學須唐捐。雕蟲定何物，局局争媸妍。

乙未歲杪紀事

婚媾爲寇初不虞，斧斯墓木何心乎。人而不仁宛其死，盗亦有道今則無。爲鴟爲鴞任此輩，如鬼如蜮非吾徒。風詩自古有疾惡，莫怪老翁辭氣粗。

玉蘭花下小飲

一枝瓊樹亭亭見，姑射仙人在玉堂。初向階前簪白筆，《魏志·辛毗傳》注：「侍御史簪白筆側階而立。」《本草》：「辛夷，一名木筆。又曰木蓮，白者爲玉蘭。」旋從木末吐蓮房。雪欺凡卉春無色，月落空庭夜有光。生怕朝來惡風雨，燒燈猶及共傳觴。

夏課集

臘雪經旬朝來喜霽

且喜連三白，經旬霽色回。拓窗平見野，撥火陷成灰。船過輕冰裂，樵歸曲路開。鄰翁貪踏凍，來看臘前梅。

復立春二首十二月二十三日

其　一

短景催殘臘，年光復此辰。難抛七行曆，爲惜兩頭春。

其　二

雛孫初放學，老子正吟詩。聽雪垂簷溜，看冰釋研池。

除夕德尹餉家醖戲答一律

酒庫東風汎，齋厨臘味香。扣門煩走送，洗盞及開嘗。遂使全家醉，渾如舉國狂。還䣛明歲事，笑許借書償。

粤游集上

行徑釣臺下

山形徒然起，下束七里瀧。兩壇插天半，影入玻璃江。釣名不釣魚，名乃擅此邦。漁人貪近例，喜獲尺蠖雙。

漫與集（續集卷二）

題施自南竹林小照

其一

龍蛇蜕骨能活，虎豹看皮自文。筆底吟風嘯雨，眼前障日攙雲。

其二

白鶴蹤留彳亍，青鸞尾散毰毸。七賢六逸何處，讓爾獨往獨來。